U0839437

雨天的海豚们

片山恭一 作品

林少华 译

青岛出版社
QINGDAO PUBLISHING HOUSE

译序・・・

象的失踪与海豚的失踪···

不少人都知道村上春树有一部名叫《象的失踪》的堪称经典之作的短篇小说，讲一座小镇饲养的一头大象突然不见了，“……象舍空空如也。套在象脚上的铁环依然上着锁剩在那里，看来大象整个把脚拔了出去。失踪的不仅仅是大象，一直照料大象的男饲养员也一同无影无踪。”无独有偶，近两年因一本《在世界中心呼唤爱》而风生水起的片山恭一在其后出版的《雨天的海豚们》中又写到海豚的失踪：“水族馆的海豚逃走了，中午的电视新闻这样报道。怎么逃走的不晓得。午后三时有最后一场表演，傍晚饲养员来看时没发现异常。不料昨天早上来投食时往水池里一看，两只海豚无影无踪。水池外是大海，很难设想海豚会跳过铁丝网逃走。莫非有人偷？海豚能食用？”

不用说，若是隔壁家的小花猫或自家养的哈巴狗小白兔什么的失踪倒也罢了,因为那东西本来就是上蹿下跳忽而不见的小动物,在某种意义上,原本就是为失踪或不在而存在的存在物。而象则是仅次于恐龙、海豚是仅次于鲸(其实海豚和鲸是一回事,身长四米以下为海豚,四米以上称鲸)的庞然大物,也就是说乃是最不容易也最不应该失踪的动物。一个大概从“坚不可摧”的铁环拔出脚去,一个想必从“很难设想”会跳过的铁丝网一跃而过。委实神出鬼没,匪夷所思。无疑,这是个极有意味的隐喻(metaphor)。

象的失踪隐喻什么,村上在多种场合透露了不少信息,这里主要窥探一下片山笔下海豚失踪的奥妙。

一如作者自己所说,《雨天的海豚们》是由各自成篇的四部短篇构成的“一个完整故事”。第一篇《Angelus河边》讲一对夫妇怀抱出生不久的婴儿外出旅游时,在宾馆电视里看到了显然是“9·11”事件的场景:“客机简直就像被什么吸引着朝大楼一头扎去,机身如小刀扎纸一般扎进大楼外墙。刹那间,飞机脑袋从大楼另一侧穿出,旋即被黄色火焰包拢,轰隆一声爆炸。”看完这莫名其妙的图像,妻子搂着婴儿睡了过去。而他则在恐怖之余,陷入莫可名状的忧郁和孤独之中,“觉得自己和谁也不连在一起,就连近得伸手可触的这对母子,心情也无法与之沟通。为什么呢?因为我们身上可以信赖的实实在在的东西已荡然无存。”于是他去宾馆外面散步,在黎明前的海滩上走了很久。当走到一座小岛时,赫然目睹一个女子躺在那里,而那正是他上初中时在海滩上发现的身穿漂亮连衣裙死去的美貌女子。他俯视一会儿后,像要搂抱似的躺在女子身边。随即奇异的景象出现了:“开始变亮的海面上海豚一跃而起,初升的太阳把光线投在那里。女子的脸颊恢复了健康的肤色。海豚再次跃起,汹涌四溅的水花在崭新的阳光下灿然生辉。”

第二篇《雨天的海豚们》一开始海豚便逃走了。十九岁的“我”很羡慕海豚能够逃走。原来“我”在色情场所打工,一次接待的竟是老师且是高中校长。“我”不禁在心中叫道:老师到底是干什么的?难道这就是在学校里对学生大讲特讲“生命的宝贵”的老师?于是断言“我们全是谎言式存在”。与此同时,“我”一再对自己的所作所为、对自身的价值乃至外面的世界产生困惑——“钱用在自己身上,自己却无足轻重。用飞机撞大楼那些人我不理解……美好的东西肯定已荡然无存。”“我”也时常想起逃走的海豚,庆幸没有消息说它们已被捕获,“想必正和伙伴们一起在东中国海①悠然漫游”。小说最后,“我”去海滨找海豚。海豚没有见到,见到一个三十岁左右自称是超市副店长的男子,对方答应在樱花开的时候带“我”去海岛看樱花。

在第三篇《他们活着,我们死了》之中,超市副店长重新出现。不过这回不当副店长了,干起了护理员,护理生活不能自理的老人,业余时间打橄榄球,是橄榄球队的边锋。“正好一年前我在电视上看见阿拉伯的恐怖分子们劫机扎进大楼,惊讶得就好像球被对方一把抢走。”比赛过程中他也不时联想到后来发生的那场“无论谁看都是愚蠢透顶的战争”,联想到“此时此刻也在沙漠作战的士

① 我国称东海。下同。

兵们”。进而对日本这个国家和首相(显然指小泉首相)提出质问:莫非日本就这样心甘情愿地当美国的狗腿子不成?“我国的首相活像白给的赠品出现在电视上。我想,对这小子来说,向海外派遣自卫队恐怕只有修改交通法规那样的分量。”甚至尖锐地指出:使用精确定位武器摧毁敌人的士兵们能够切实想象被击中之人脑浆四溅血肉横飞的场景吗?能够溅上死去之人的血沫和嗅到硝烟味儿吗?置身于如此高科技如此抽象化的战争能够保持正常的判断力吗?而当杀人变为让人无动于衷的无机物的时候,“活着的我们真能说是‘活着’的吗?”

在最后一篇也是篇幅最长和最为引人入胜的《胜过千言万语》里面,第三篇最后一闪出现的多惠成了女主人公。丈夫雄一在星期六早上看报喝茶时突然捂住胸口痛苦不堪,抬上救护车不久即被告知心脏停止跳动。痛不欲生的多惠料理完后事后无意中在丈夫手机中发现一个陌生女子的面部图像和似乎是约定吃晚饭的往来E-mail,从中得知丈夫去世半年前有了女人,随即一连串“为什么”开始不断折磨她。外出时邻人的问候“甚至好奇心多于同情心”,上班后同事们又冷嘲热讽。多惠感到万念俱灰,对两个孩子说“信得过的只有家人”。最终使她解脱出来的是“能看见天使”之人的魂灵之说。对方告诉她:她和丈夫雄一前世是姐弟,同丈夫来往的那个女人则是两人的母亲,丈夫去世后因为内疚而迟迟不肯升往天国。多惠在半信半疑之间原谅了丈夫,觉得自己不再孤独,对生活重新有了热情和自信,对周围人也开始以诚相待。这时,她隐约看见海湾的远方仿佛出现跳跃的海豚。整部小说至此结束。

通过上述故事梗概,不难看出海豚失踪或逃离的背景至少有两个。一是人们之间融洽感和信任感的消失——或丈夫觉得难以同妻子沟通,或年轻女孩认为身为高中校长的老师是谎言和虚伪的化身,或妻子为丈夫生前背叛自己而耿耿于怀。而当主人公重新找回爱情和爱心、恢复心理平衡和对人的信任的时候,海豚或在变亮的海面灿然溅起水花或在“东中国海”悠然漫游或在海湾远方一跃而起。另一个背景无疑就是“9·11”恐怖袭击和随之而来的第二次海湾战争。小说中一再推出飞机扎进大楼的场景,一再出现对美国入侵伊拉克的质疑和思考。正是这接踵而至的重大事件破坏了世界的平衡乃至人们心理的平衡,使得信任危机变本加厉无所不在,进而导致人类生存的危机,切断文明发展的链条。可以说,海豚在这里是和平、信任和爱心的象征,海豚的失踪隐喻不幸乃至灾难的降临。“海豚们是智性动物”,它们不屑于在狭小的水池里游来游去,不屑于为得到死鱼奖赏而为人们表演,它们相信水池外有广阔的天地,渴望去“东中国海”悠然自得地漫游。如果想让它们回来,人们就必须为它们改善环境,亦即改变人类自己的行为模式和生存状态。否则,就去看海驴表演好了——“听说有海驴表演”。

“9·11”恐怖袭击无疑是战后最为骇人听闻的事件,震惊世界,震撼心灵,震动思想和信仰。然而几年过去了,纯文学领域几乎没有做出反应。别说我国,就连美国那边也才在今年初出了几本涉及“9・11”的小说,如Frederic Beigbeder的《瞭望世界的窗口》(Windows on the world)和Reynolds Price的《好牧师的儿子》(The Good Priest's Son)等(参见2005年4月20日《中华读书报》金衡山文)。相比之下,日本的片山恭一从2003年就陆续发表了有关作品,并以可能有别于美国人的直觉和眼光加以质疑,在作品中留下不无启示录意味的思维轨迹,体现出一个严肃作家应有的悲悯情怀和责任意识,这是相当难能可贵的。

众所周知,日本在1995年相继发生神户大地震和地铁沙林毒气事件,其对日本人的冲击甚至不亚于“9・11”对美国人的冲击。两者相比,一个发生在地下,一个发生在天上。一个摧毁了日本的“战后神话”,一个“改变了蓝天的含义”。而两个日本作家——村上春树和片山恭一分别就此创作了系列性短篇小说集。村上短篇集名为《神的孩子全跳舞》,译成英文2002年在美国出版时更名为《地震之后》(after the quake)。因为时值“9・11”之后,美国读者的反应“格外惊讶”。这里不妨比较一下两个作家写作的宗旨。村上春树说:“泡沫经济破灭,大地震毁坏了城市,宗教团体进行无谓而残忍的杀戮,一时光芒四射的战后神话看上去接二连三轰然崩塌。在这当中我们必须静静站起寻求理应存在于某处的新的价值,必须继续述说自己的故事,而能够给我们以安慰和鼓励的类似moral(道德)的东西应该就在故事里——这就是我想描写的。”(《村上春树全作品1990—2000・作者自述》,讲谈社2003年版)片山恭一说得更为明白:“9・11事件使许多人丧失了人类本应具有的相互信任感。遇难者家属感觉自己被世界抛弃,他们徘徊于爱与恨的痛苦边缘,无法解脱。怎样才能找回原来的自己呢?我试着用手中的笔帮助他们。”在接受采访时片山恭一进一步表示:“生死爱恨是我的小说中的永恒主题,《雨天的海豚们》也是围绕这个主题写的。小说讲述的是死亡故事,但我希望读者从中学会如何生存。”(参见2004年4月30日《新京报》)这大约表明,日本战后又一代作家已在很大程度上突破刻意描述身边琐事和一己悲欢的“私小说”等日本文学传统,转而关注本国乃至世界的重大事件,并以文学这一形式帮助人们从中振作起来。同时致力于把小说语言作为直达生命意识核心和宇宙玄机的有力媒介,致力于对人这一存在的诗性叩问和微妙感悟,致力于同灵魂,同过去、现在和未来之时间长河的沟通与对话。换言之,村上并不仅仅是关注个人心灵生活后花园的“小资”作家,片山也不仅仅是“在世界中心呼唤爱”的“纯爱”作家。尤其后来的作品,较之作家的文学才情,表现更多的是作为知识分子的自觉担当和社会良知。这对我们中国作家恐怕也是不失为他山之石,窃以为。

最后再回到本文开头,比较一下象的失踪和海豚的失踪的尾声也是饶有兴味的。村上1979年在处女作《且听风吟》中曾期待大象“重返平原”,而1985年在《象的失踪》中则断定“大象和饲养员彻底失踪,再不可能返回这里”。这不外乎说象所隐喻的温馨平和的精神家园很可能永远消失。而片山笔下的海豚则在温情和信任重新返回人们心间的时候在远方海面“一跃而起”。在这个意义上，或许后者的隐喻多了一丝明丽色彩。

但愿大象“重返平原”，但愿海豚“一跃而起”，但愿。

林少华

2005年5月于窥海斋

时青岛风和日丽槐花飘香

目录
•
•
•

Angelus 河边・・・

她从小就受母亲虐待。无缘无故挨打，因一点点小事被找茬痛骂一顿，在家里她总是惶惶不可终日，总是对周围动静绷紧神经，准备应付母亲的喜怒无常。她懒得活下去了，上初中时曾用刮脸刀切过手腕，没能切深，把急救带贴在伤口上，咬着枕头吞声哭泣。

由于度过的是这样的少女时代，结婚后很长一段时间她都下不了决心要孩子，担心自己也像母亲那样虐待自己的孩子。这让她不安，让她害怕。她不讨厌小孩儿。朋友生了小孩，她第一个跑去抱在怀里。尽管如此，她还是严格检查自己身上是否萌发了类似自己母亲那样的冲动。

从妻嘴里听得这种情况，是在她确定怀孕后不久。妻半夜在床上哭，他问其故。一开始她说没什么，不想说实话。他以为妻大概情绪不稳定，没有刨根问底。同样情形反复几次之后，她终于如实说出母亲的事。

至于当时是怎样安抚妻的，他已记不真切了。大概说的是常识性安慰话，什么你母亲和你是两个人啦，什么正因为自己受过虐待而更会疼爱孩子啦。从眼下情况看，那种担心怕是多余的了。莫如说目睹母子两人不妨说是过分的亲热劲儿，有时觉得有些寂寞，好像唯独自己受了冷落。

妻面色苍白，双目紧闭，怀里紧紧抱着出生四个月的婴儿。

“马上就到！”

听他这么说，妻略微扭起嘴角点了下头。没有完全燃烧的油味和烟味混在一起的船舱味、不断传到座位上的细微震颤、越过两船相错带来的大浪时的剧烈的上下颠簸，使得本来就不习惯坐船的她愈发难以忍受。

“回去坐电车[①]。”说罢，他眼望船窗外面无边无际的大海。

海岸上的塔和圆顶建筑在远处若隐若现。船尾，浑浊成褐色的海水被螺旋桨搅得溅起白沫。从正面窗口，可以看见作为目的地的海岬已经很近了。准确说来，较之海岬，更是包拢海湾的细细长长的沙洲。海滩前端在即将抵达沉睡着许多历史遗迹的海岛之前已被海水淹没。沙洲与海岛之间架着一条不长的混凝土桥。岛上有村落，有果园和渔港。但沙洲上面除了松林只有绵延不断的沙

① 电气列车。

丘。据说以前有过军用机场,但如今已拆毁不见,那里成了公园和运动场。进行二次开发的一带,面对海湾建起了水族馆和度假宾馆。

随着孩子出生日期的临近,他感到夫妇之间的距离似乎越来越远了。倒不是说有眼睛看得见的变化。为了使怀孕期间的妻保持精神稳定,他尽量注意不就工作发牢骚、不讲别人坏话、不表达对社会的悲观看法,并且小心回避夫妇间无谓的口角。因为他觉得那可能传到胎儿耳朵,给发育以不良影响。他半信半疑地认为,胎儿长到几个月后便开始有积极的精神活动。而作为结果,他同妻之间产生了一定距离。

她那方面,虽然有时谈一下婴儿,但一天大半时间似乎只把意识集中到黑暗的腹腔,和胎儿单独度过。一次他把手放在妻肚子上,算了算预产期。她忽然说她想好了名字,随即举出几个男孩儿名字。

“女孩儿可能性不是也有的么?”

“没那种感觉,”她蛮有自信地说,“这我知道。”

果然,生出的是男孩儿……

船到小港,他站在码头上时,觉察光线的颜色有了微妙的变化。反射在远处微波细浪上的闪闪耀眼的阳光,显示夏天已经结束,季节正稳扎稳打地向前推进。一年之中,这是在阳光色调下所能见到的东西最为漂亮的季节。

从港口到码头，走路不到五分钟。他办入住手续时间里，妻把在船上就已睡熟的婴儿放在沙发上去了卫生间。已过旅游旺季的宾馆里没有几个客人，再说又是星期二。在服务台接过钥匙，他站在婴儿睡的沙发旁边等妻回来。从大厅窗口可以看到海。略带灰色的晴空给人漫长夏日结束的安谧感。他喜欢人离去后的静静的海。

“让你久等了！”

回头一看，她正要抱沙发上的婴儿。宽檐针织帽子下面，闪出她轮廓清晰的侧脸。想到这个美貌女子即是自己的妻，他不由感到伴随自豪的欣喜。但这欣喜带有某种宿命因素。

“海豚表演听说取消了。”他看着脚下东西说，“主演海豚好像跑掉了。”

“什么时候？”

“大概昨天吧。怎么办？”

“海豚岂不看不成了！”

“听说有海驴表演。”

“也行。”

“本来是来看海豚的吧？”

“有什么办法呢！”她像对熟睡的婴儿说话那样说道，“毕竟跑掉了么。”

他双手提着旅行箱，用服务台给的钥匙确认房间号。

凄清的港湾里停一只小船，一个男子在船上准备出海捕鱼。海边上，男子的妻子高高举起裹在罩衫里的婴儿贴脸。母亲的举止充满慈爱，棱角分明的脸庞漾起呼之欲出的无比幸福的神情。婴儿也好像边笑边用小手摸着母亲的嘴巴。但背对着这边的男子兀自低头默默准备出海，小船上的身影显得十分孤独。

启示录式的画幅，他想。产生这样的感觉还是第一次。带有淡淡花纹的泛白色墙纸上挂着这样一幅复制画。出自何人喜好不晓得，但作为挂在度假宾馆茶室的画，未免有欠谐调。大概由于画中表现的凄凉感过于强烈的缘故，看得人生出不无唐突的感慨，就好像在一本时装杂志上读了一篇不折不扣的心理小说。

他的妻一如往常地和婴儿一起睡下午觉。他喝着茶看书，等两人醒来。这是美国一个当代哲学家写的关于天使的书。上面说，angel(天使)原意是“使者”。神派往人间的使者，天上传往地上的声音。而其声音的形象化即是天使，一如宗教绘画上出现的告知耶稣投胎的场面。我们期待天上传来怎样的信息呢？他试着结合近来的天使热想了想。或者仅仅出自对于看不见之物的朦胧兴趣也未可知。一切都在视觉化，在这个世界上。

他把翻开的书放在膝头，视线投往窗外。走出茶室就是浅浅的游泳池。大概是为了给人清凉感，水面漂浮着许多树叶，不怎么好看。他重新把视线转到复制画。画简直就像仅仅以画家内心世界的必然性画出来的。

沙滩在男子身后伸出白色臂腕，有两三只落帆小船停在那里。

天空飘浮着两朵椭圆形的云。黯淡的蓝色和白色占了大半的画布上,无论小船上的男子还是周围风景都成了化石,静悄悄的。唯有那对母子勉强探出双臂,给人以谨小慎微的动感,仿佛时间只在母子两人之间流逝。将母子同男子联结起来的,除了青灰色调什么也没有。

蓦地,他想起一个月前发生的一件事。类似日常性小小的龃龉,一旦过去,就同其他无数记忆一起沉入脑细胞森林的深处,再也浮现不出——便是如此种类的事。

星期日傍晚,他的妻抱着小孩儿出去买东西。去哪里虽然没说,但不外乎附近新开张的大型购物中心。他喝着啤酒听旧爵士乐。听完一两首中意的之后,换了一张 CD,又听一两首中意的。他很少像年轻时那样把一张唱片听完。也有 CD 取代唱片后操作起来容易的关系。年纪大了喜好变得明确恐怕也是个原因。或者因为开始下意识地计算所剩时间也有可能。如此思来想去之间,接连听的全是四五十年代的旧爵士乐。

四点左右出门的妻过了六点也没返回。起初耐心等待的他也到底不安起来。莫非发生了什么?不过,若是事故会有联系的。他尽力让七上八下的心情镇静下来,把注意力集中到音乐上。这时,一个念头倏然掠过脑际:说不定两人不回来了。那是转瞬即逝的类似妄想的疑念。但这“说不定两人不回来了”的念头掠过时的心的动摇,就像印在感光纸上的光一样活生生留了下来。

不久,妻若无其事地回来了。婴儿看见他的脸很开心地笑着。

一问，妻说购物当中孩子睡着了，只好走进购物中心的咖啡厅休息一会儿。他于是放下心来，不禁责备似的说该打个电话回来才是，妻轻描淡写地留了句对不起，转身开始准备晚饭。

这天夜里，睡前他看了一眼妻的卧室——小孩儿出生后两人分睡。起因是他受不了婴儿夜里的哭声，像逃难一样把被褥搬到自己窄巴巴的书房，此后成了习惯——从门缝探进脸去，母子在宽大的床中间紧挨紧靠地睡着。本来是赏心悦目的光景，而他不知何故，竟产生一种冲犯禁忌般的愧疚感，赶紧离去。自那以来，每次妻抱小孩儿外出，他都在轻微的不安中等两人归来。

回想之下，他觉得自从孩子出生以后，妻身上的非透明部分、不能触及的谜团领域开始一点点增大，恰如一天比一天长大的胎儿。他想，这种变化没准早就出现了，只是自己没察觉罢了。或者即使察觉了也无意往深处想。

过去他看波堤切利[①]等人的圣母子像就曾有这样的感觉——完美得近乎神圣的圣母和幼子世界未尝不是男人潜在不安的一种外现。模仿天使的说法，婴儿或许是来自上天的精灵的声音，是肉眼看不见的精灵的形象化。而孕育如此存在的母亲也恐怕半是生活在肉眼看不见的精灵们的世界里。

妻迟早要带婴儿从自己面前消失。这种类似预感的念头如同无可改变的命运伏在远处的水平线。但他同时以推导另一种答案

---

① Sandro Botticelli（1444—1510），意大利文艺复兴初期画家。作品有《摩西的生涯》和《维纳斯的诞生》等。

的心情这样想道：说不定自己更该离去才是，一如茶室里挂的那幅复制画里的渔夫。倘自己离去，妻和婴儿就会留在这个世界，而这也仿佛是无可改变的命运。他觉得这可以成为命中注定活在地上之人对于来自天上的声音的一个回答。

晚饭在宾馆餐厅吃。正值太阳即将沉入天际迤逦的云层之际，海面沐浴着几乎接近水平线的夕阳的光线，金光闪闪。她停住拿着刀叉的手，久久眼望海面。婴儿在宾馆准备的小车里含着奶瓶吱吱低声吸着。瓶里的奶大约还剩三分之一。

"肚子好像饱了。"

她以惊讶的神情回头看一眼丈夫，又把视线落回婴儿身上。

"最好还是拿下来吧，又要吐出来了。"

"弄哭他不好办，让他玩一会儿好了。"

他一边用刀挑鱼刺，一边回想两人结婚时的情形。婚礼只两家人参加，之后朋友们办了个轻松的晚会。会场就在这样一家宾馆里，两人随着一个朋友用钢琴弹的加农曲走进会场。不知谁半开玩笑地想出的主意。

"晚会上有人跳西班牙舞了吧？"他忽然想起似的说。

"是啊。"她说出那个朋友的名字。

"现在怎么样？"

"听说来年春天结婚，对象是个医生。"她再没问丈夫为什么打听这个。

“只是一时想起。”他像自我辩解似的找了个理由。

“那么说，你有个朋友用吉他弹拉威尔来着。”

“啊，现在去了美国。”

“我们不去外国？”

“想去？”

“倒也不特别想去。”

“近来申请很难通过。旅居期间的生活费如果自己负担，事情还好办些。”

“无所谓，又不是很想在外国生活。”

他瞥了一眼妻的脸，仿佛确认她的真意。妻用叉尖扎起小块膏药大小的白色鱼肉送进嘴里。

“上初一的时候，一次为了制作美术课用的漂流木，星期天和同学去找材料。”他突然变得饶舌起来，“把冲上海岸的漂流木用煤气喷嘴烧了，再用砂纸打磨。两人马上分头找漂流木，发现尸体的是我。”

“尸体？”她扬起脸问，表情像是咬了食物里掺的沙子。

“岩石背后的沙滩上，一个年轻女子侧腹朝下死了。”他做出往远处看的眼神，“最初没以为人死了，以为只是在岩石背后休息……可是已经死了。”

她诧异地目视丈夫：“这话以前我可听过？”

“我想我是第一次说。”

“对别人呢？”

“对谁都没说过。”

妻用纸巾的一角揩一下唇,喝了口杯里的水。

“为什么突如其来地说起?”

“为什么呢……”他朝外望去,仿佛搜索词句。草坪和沙滩之间长着海枣树,散步场所的水银灯已经亮了。

“一会儿去海边散步可好?”他换了个话题。

“呃。”

她重新拿起刀叉,但只把失去食欲的目光留在盘子上,动作没有跟上。

“跑掉的海豚可能找到?”

“能不能呢?”

他至今仍记得当时那女子身上穿的花连衣裙。她头枕胳膊,双目紧闭,左右两腿略略弯曲并在一起。裙裾虽不零乱,但大腿露得相当往上。

“带望远镜来就好了!”妻自言自语地说。

两人再没开口,一个劲儿看海。他在想死在岩石背后的女子,她似乎在想跑掉的海豚。

他把妻和婴儿留在宾馆,独自一人走去夜幕下的沙滩。穿过夏季烧烤用的草坪,沙滩上有一条同海岸线平行的木板路。由于到处有水银灯照明,路面亮得足可找见失落的东西。木板发出一股焦油涂料味儿。八月已经过去,想必是最近一个星期涂的。尽管设施不错，但除了他没见到散步的人影。

沙滩上散落着很多放烟花留下的残屑，也有空啤酒易拉罐滚来滚去。波浪间隔许久打上来一次，又自暴自弃地撤回。海湾那边，但见渔船的灯火滑行一般缓缓前移。凉风拂拂，皮肤生出寒意，他用手掌搓了搓双臂，继续想那女子。

从那女子身边经过时，他稍微放缓脚步。因为没以为她已死去，所以必须举止自然，以便女子突然醒来自己也可掩饰过去。出于思春期少年特有的好奇心，他不由自主地朝裙子深处看去。看到一个奇妙的东西。毕竟位置非同一般，一瞬间他以为那是阴毛覆盖下的女性生殖器，不料竟是一只张开双钳的螃蟹！那地方怎么会有螃蟹呢？他险些嘟囔出声来。

他去叫在另一处找漂流木的同学，两人确认女子的的确确死掉了，决定先报告警察再说。至于后来麻麻烦烦的案情询问、挤上家门和校门的新闻记者以及电视现场报道等等根本没有考虑。同学去报告时间里，他留在旁边看守。不曾动摇，莫如说心里很平静。也没感到害怕。只是奇异地陷入非现实性感觉之中：海边竟有一个美貌女子死掉！无论当时还是这么回想的现在。

好像走得很远了。回头一看，宾馆的灯光已经变小。干燥的沙子渐渐变深，每迈一步都难以拔脚。他往离水边近些的略微潮湿的地方走去。少顷，前方出现类似沐浴月华的牌坊样的东西。临近一看，原来是电线杆一般粗的秋千架。立柱和横杆是木头做的，用绳子吊起一个木座。想必是为了涨潮时能跳进海里。但现在是退潮时分。

他站在木座上开始摇荡。由于绳长，秋千的摇荡也很徐缓。木座掠过沙滩表面，远远向天空升去。那种解脱感很妙。既像远离什么，又像靠近什么。海岸线一带闪闪泛着白光。仰首看天，淡云遮月。降低身体重心摇荡几次之后，荡幅逐渐增大。他在势头正猛的时候断然蹿出身去。很快落在沙滩上，没能落在水边。跳的距离比预想的短得多。

一屁股坐在地上，裤子当即湿了。他站起身，又走了一阵子。只看脚下行进。但愿环视四周时弄不清自己所在位置。他一边期待这种近乎记忆丧失状态的出现一边继续前行。充满孩子气的兴奋俘虏了他，他决定再走一百步，边走边数。

抬起头时，发现水边躺着一个黑乎乎的东西。一开始仿佛漂流木，但随着距离缩短，看上去好像大鱼的尸体。

“海豚！”他说出声来。

圆滚滚隆起的躯体在月光下闪着幽光。大概受伤了，尾巴不时动一下，肯定活着。海豚肚皮趴在浅滩上，任海浪拍打身体。他细看它的脸时，那只被海水打湿的眼睛仿佛看清来人是他，但无意逃跑。说不定已对自身的危险漠不关心了，他想。

稍大些的浪打上前来，棒槌形的身体朝岸边倾斜一下，海豚吃惊地摇了摇尾巴，似想抓住撤回大海的浪头，但没成功。浪已然离去，海豚依然在浅滩上挣扎。如此下去，很可能在沙滩上耗尽力气。或许该回宾馆报告才是。又一道浪打来，海豚愈发剧烈地溅起浪花扭动身体。这回成功了,随着撤回的浪头往海湾那边移了移。似乎在那里找到了浮力足够的航路,动作趋稳,一半身体没入水下,谨慎地试探着水深前进。不久,倏地沉下水去,说明它已游到够深的地方。脊背切开黑魆魆的水面,缓缓向海湾游去。

他的妻倒在床上看电视。婴儿在旁边很舒坦地发出睡息。房间照明暗了下来,此时唯独显像管青白色的光照着她的脸。

“还没睡?”说罢看表,十点刚过。他有些意外,本来觉得很晚了。“心情如何?”

“大楼起火了。”她的语声透出困意。

他往电视荧屏上看去。

“失火了?”

“说是飞机扎了进去。”

他从冰箱拿出矿泉水吃了药。医生开的微量安眠药。然后坐在空着的另一边床上。

“是事故吧?”

“不清楚。说也有搞恐怖的可能性。”

默默看了一会儿电视。两幢并立的超高层建筑物冒出黑烟。也好像是普通的楼宇火灾。风大概相当猛,烟几乎水平伸展。从远处拍摄的图像上面,看上去很像两根烟囱冒烟。场景说悠闲也未尝不可。也许消息没有进来,播音员几乎不说话。少有声音的图像给人以奇异的安静印象。电视画面转到华盛顿国防部。

“这里也起火了。”她说。

情报莫衷一是。一时报道说巴勒斯坦民族解放阵线发表作案声明,但另一报道予以否定。刚报道说被劫持的飞机全部二十架,随后修正为十一架。也有消息说仍有七架下落不明,以及第四架被总统下令击落。

画面重新转回纽约。情形和刚才多少有所不同,整个曼哈顿都失火似的冒起烟来。说不定附近大楼也殃及了。画面中断,另一摄像机拍摄的图像插了进来,那是大楼倒塌那一瞬间的图像。大楼就像被上面一股强大的力量压碎似的坍塌,随即升起蘑菇状的烟云。附近的人们大惊失色地跑来,烟云从后面紧追。

“不得了!”妻愕然低语。

他喝了一口塑料瓶里的水,像不会说话似的怔怔盯视画面。它令人想起以巨额投资拍摄的浩劫场景。一种不可思议的既视感控制了他,他觉得自己好像已看过好几次一模一样的场景。如果那些是虚构,那么这个是什么呢?

“活像好莱坞电影。”她似乎想的和他一样,“以前没有过?”

“相似的东西很多很多,不知哪个是哪个。”

“对小孩可有影响?”

“有没有呢……”

又进来其他图像。那是莫名其妙的图像,客机简直就像被什么吸引着朝大楼一头扎去,机身如小刀扎纸一般扎进大楼外墙。刹那间,飞机脑袋从大楼另一侧探出,旋即被橙黄色火焰包拢,轰隆一声爆炸。

“行星相撞是哪部片来着？”

“可是布鲁斯·维利斯出场的？”

“记不清楚。差不多睡吧。”

“电视关掉？”

“无所谓，看也可以。”

电视反复播放飞机撞楼那一瞬间的图像。第二架飞机有三种从各种不同角度拍摄的图像。看电视时间里，他想起爱因斯坦那个有名的方程式。物体的能量和质量不是独立的概念。人也好物也好最后都将转换为能量消失。可谓简洁明快的宇宙真理。现实种种样样的外表不外乎一个假象。超高层建筑也罢喷气式客机也罢人也罢金融也罢民主主义也罢正义也罢基督教也罢真主也罢……说到底只不过是能量的符号罢了。如此通过电视荧屏向世界播放的，无非是质量和能量的变换公式在地上展开的戏剧而已，不是吗？

“恋上了。”

他往床那边回过头去。妻脸朝婴儿闭起眼睛。

“肯定恋上了。”

“恋上什么？”

“在海滩上看见的女人。”

“她可是死了的哟！”

“可你恋上了。”妻以沁出困意而又斩钉截铁的声音说，“恋上那个人了……初中生的你。”

那是一只伸出长钳的大螃蟹。他走近细看女子的脸。也是由于窥视裙子深处后的内疚,他没能打招呼。女子以安然的神情闭着眼睛。化了淡妆这点也可看出。到底是睡熟了,他想。这当儿,忽然发觉接触沙子的那部分脸变成了深紫色,变得一眼即可看出情况异常。他摸了摸女子懒懒伸出的手——冰一样冷。拿起一看,接触沙子的那部分皮肤也成了脸那样的颜色。

突然,房间电话铃响了,回想因此中断。他怕惊醒孩子,赶紧起身拿过听筒。

“喂喂……”

“全都犯了错误,”一个男子语声,“人最初体味的感情是恐怖,恐怖创造了人类所有文化,催生文字,催生宗教、哲学和自然科学,当然也催生了资本主义和金融。”

“您这是打给谁?”

“中途别插嘴,”男子焦躁地说,“默默听着!恐怖这东西,对任何人都不是多么好的开导者。以恐怖为经纬织就的人类文明也彻底沦为不良之物。人类就是这样在错误道路上行走过来的。必须回归白纸,必须重新开创人类的历史。”

对方挂断电话。

“怎么了?”睁眼醒来的妻问。

“打错的电话。”

"无事生非。现在几点?"

他看一眼床头柜的钟:"马上两点。"

"到这边来。"

这时电话再次响起。两人往电话那边注视片刻。小孩儿发痒似的一声短叫。他伸手拿起听筒。

"现在人也继续犯错误,以后也将犯下去。"

他想放下听筒。

"等等,别放,听着!"男子仿佛看出他的心思,"再听我说几句,电话由我挂断。"对方略一停顿,"对于人你是怎么看的?"

他默然。

"回答我。相信人吗?"

"宁愿相信。"

"我也相信。但人是终到点,不是出发点。从过去到现在,大凡在人的名义下的所作所为,没有正经东西。实际上由人出发的道路,不是条条通往残忍的吗?从人出发本身就是错误的,必须从动物性、植物性或者矿物性感觉出发。应该将这些综合起来,摸索最终通向人性之物的道路。可是眼下如何呢,世界正被改造成以人……仅仅以人为前提的东西。那样,势必出现 nomos[①] 世界。想来……"

他挂断电话。就那样等了一会儿,电话再也没响。妻蹙起眉头看情况如何发展。

---

① 希腊语,凡指与自然对立的人为秩序。

“脑袋像是有点毛病。”他辩解似的说。

他坐在床头，耳朵轻轻贴在妻的胸口。妻柔和地放松嘴角，像哄小孩一样闭着眼睛抚摸丈夫的头发。

“祖父家里有一棵榉树。”他以有些含混不清的语声说了起来，“榉树这东西么，每年枝条都长得很猛，初夏长出很多嫩绿色透明好看的叶片。问题是如果放任不管，夏天就树叶太密了，阳光射不进客厅。于是，当学生的时候每年回来探亲都去祖父家剪榉树枝。要爬上梯子剪，上了年纪的祖父是做不来的，而雇园艺工又花钱。这样，剪树就成了我每年夏天的例行公事。拿起锯和剪树剪，三十分钟就干完，很简单。就为这么一点点活计，祖父总是高兴得让我不知如何是好，说这下子屋子里明亮多了。虽说不过是剪榉树枝这么微不足道的小事……”

他开始哽咽得说不出话来。妻撑起身体。

“没什么的。”他伏下脸说，“好像发生了什么，自己也不清楚是什么……大概脑袋出了问题。”

他终于从妻身旁离开，从冰箱里取出已经开瓶的矿泉水，站着从瓶口直接喝水。

“不要紧？”妻问。

房间电视仍开着。他以怅然若失的眼神看了一会儿青白色的电视荧屏，随后以忧郁的声音说：

“一直等这个来着。”

她有些惧怵地看着丈夫，又看了看电视。荧屏上推出飞机扎进大楼的图像。

他重复道:

"一直在等这个时候……等天上发来的声音、等看不见之物发来的信息。"

可以听见水龙头滴水的声音。莫不是浴室里的喷头?房间里充满不自然的岑寂。他睁着眼睛躺在床上,一动不动,只维持呼吸,觉得自己似乎已经死了。他在想劫机的人——恐怖分子们莫非存心拐带偶然同乘一机的人们不由分说地扎进大楼的?

他试着在脑海里推出高速行驶的汽车猛然撞在混凝土墙壁或什么物体上面的场景。身体如从座位剥离一般栽向前去。挡风玻璃外伸展的风景失去轮廓,一切化为液体飞溅而来。他转而想象原子弹投下时位于爆炸中心的人们所体验的场面。一道光闪。少顷袭来静静的热风。下一瞬间便一片火海。但作为再现图像给人的印象,哪一个都和特技摄影大同小异。

旁边床上,妻面带悲伤而又稍微严峻的神情睡着。婴儿继续在母亲怀中安睡。恐怖已去了哪里。他转而陷入莫可名状、找不到出口的忧郁之中。他觉得自己和谁也不连在一起,就连近得伸手可触的这对母子,心情也无法与之沟通。为什么呢?因为我们身上可以信赖的实实在在的东西已荡然无存。或许人类已寿终正寝。

他知道自己置身于和过去不同的另一世界。心照不宣唯独这个做不得的事成了现实。这里是被遗弃的世界,是从时间滴落下来的世界。时间早已不再流动，一如飞机猛撞大楼的图像，无限重复的仅仅是单调的镜头。从此往后，那想必成为“生存”的定义。谁都不能走进时间内部。因为想象力到达不了。谁都不能在现实中生存。现实位于那瞬间性图像的内部，能够体验它的，只有乘坐飞机的人。

“可是还来得及。”他自言自语似的说，“不要紧，手法明白了。”

天还没完全亮，东方的天空仍挂着白色的月。黑乎乎的沙滩上，波纹残留着鱼鳞状。沙如龟背一样隆起，到处淌着细小的水流。他在沙滩上边走边想小时候的事——退潮后的沙滩上有好些个水洼，水里必有小鱼们留下来。觅食的螃蟹们一有人走近就迅速躲进沙洞。记得洒满太阳温煦的浅滩上有很多赶海的人。以闪闪耀眼的大海为背景扔在那里的自行车及其优美的剪影，海鸟在头顶高高盘旋，鱼在海湾水面跳跃。

可是此刻是黎明前时分。还没有温暖的阳光。既没有东西运动，又没有声音响起，连涛声都没传来。风已死绝，就像地球彻底偃旗息鼓。沙滩远处并立着几座渔民们用来存放渔网等渔具的简陋的小屋。也可见到被弃置不管的渔船。走过这些之后，人们生息的感觉就没有了。

他不知道离开宾馆后走了多远，但知道自己走向哪里。边走边在脑海中推出在女子雪白的胯间张牙舞爪的螃蟹。如此回想之下也很难认为那情景曾是现实的东西，很难认为那是自己所在的同一世界发生的事。如果那是现实,那么现在这个世界发生的事就不是现实。倘若此侧世界发生的事是现实,那么在岩石背后睡一般死去的女子就不是现实存在。

"不,不然,"他说出声来,"哪个都不是现实。我们在现实世界中居住的日子,到昨天为止。"

离开沙滩以后,他脚下仍总有软沙感触。不知不觉之间,又变成了腐肉般的烂泥。不小心踩上去,鞋很快变黑。每迈一步,泥表面上的小孔都有水直线蹿出。一股臭水沟味儿。

他停住脚步,从衬衣袋掏出烟和打火机。没有风,烟一下子就点着了。吸罢一口,定睛注视指间的烟头。俄尔,他面对黑暗的海面讲了起来。

"没有所谓纯粹记忆。大凡被称为记忆的东西,都不过是记忆的记忆而已,都不过是再一次记起已经记起的东西……"

他不知所措地把一只手放在头上,做出反复抚摸头发的动作。

"想说什么来着?"

过了一会儿,他重整旗鼓似的移步前行。海岸线朝海湾方向越来越窄地探向前去,看样子涨潮时很容易被吞没。也许潮流的关系,上面堆积着数不胜数的贝壳——那地方略为探出海面,形成瘦长的沙洲。好像有婴儿哭声传来。他停住脚步,侧耳倾听,而后重新启步。贝壳在脚下"嘎吱嘎吱"发出快意的响声。

岩石背后躺着的死去的女子、浅滩上横卧的濒死的海豚。他对二者产生强烈的亲近感,不妨说类似一种乡愁。那是处于恐怖分子那异常举措之对立面的地上式意象。他极想躺在那意象旁边。没什么好怕的,这回他在胸间不出声地对自己说。只要拥有倒在地上的女子和海豚的记忆……

走完最后一段浅滩,他来到孤零零剩在海中的小岛那样的地方。只中央部位探出黑黑的岩石,沙地覆盖着鳞片状植物,脚下因之意外安稳起来。岩石背后基本没有流沙的地方丛生着仿佛荨麻的植物。

一个女子躺在那里,身穿和那时候同样花纹亮丽的连衣裙。他站着俯视一会儿女子,然后跪了下来,静静俯低身子,把自己的额头轻轻贴在女子额头上,恰如母亲测量小孩儿的体温。而后小心趴下,以搂抱女子的姿势躺在旁边。

很长时间过去了。

越海而来的隐约的钟声传来耳畔。他感到欣喜。那欣喜位于远处,缺乏实体性,感觉上不像他自身的东西,如海水一样凉,因而变得永恒。

开始变亮的海面上海豚一跃而起,初升的太阳把光线投在那里。女子的脸颊恢复了健康的肤色。海豚再次跃起,汹涌四溅的水花在崭新的阳光下灿然生辉。

雨天的海豚们・・・

水族馆的海豚逃走了，中午的电视新闻这样报道。怎么逃走的不晓得。午后三时有最后一场表演，傍晚饲养员来看时没发现异常。不料昨天早上来投食时往水池里一看，两只海豚无影无踪。水池外侧是大海，很难设想海豚会跳过铁丝网逃走。莫非有人偷？海豚能食用？

公园像破坏环境的免罪符一样建在填海造地形成的广阔地带的一角。因是平时上午，几乎没有人。临海公园——终于扎根成活的草坪广场上整齐栽着榉树等高大树木的临海公园宛如一幅超现实主义绘画作品。他边走边思索逃走的海豚们。在狭小的水池里游来游去、为来人表演的海豚们。作为奖赏投给的死鱼。他们或许因为厌恶这样的生活才拼命腾跳的，海豚们是智性动物。

即将迎来第十九个生日。既觉得才十九个,又觉得已经十九个了。尽管经历多多,但才活了十九年。一切都没开始,却已过了十九年。假如现在死去,等于什么都没开始即已呜呼哀哉。想到这里,不由得对自己的一生感到可怜。但自己的一生,感觉上并非我的一生,似乎是他人的一生……所以,为之可怜的想必也是他人的一生。

填海形成的地面建了物流中心,并列好几栋冷冻仓库。仓库对面,集装箱装卸场的起重机勉强探出脑袋。公园边端和码头之间架着一座长桥,那一带好像已经成了新的河口。装载集装箱的卡车在桥上川流不息。桥另一端是贮木场,褐色圆木堆积如山。远处,圆顶建筑和东京塔隐约可见。客机在天空低层飞行,似乎刚从机场起飞。

能够腾跳的海豚们是幸福的,我想,毕竟它们相信水池外有广阔天地。我们则本能地相信:无论跳得多高都绝不可能跳离这个世界。什么都不发生,什么都没变化,同样的每一天一直持续到死。未知事物一件也没有。没准我们的人生比海豚们还要悲惨。虽说不是经常这么悲观……

我止步停下,凝眸注视仅表面漂亮的池水。见不到海豚。理所当然。形形色色的物体被拍到水边:空易拉罐、塑料容器、泡沫塑料残片、烟花烧剩的纸屑……水虽比预想的干净,但几乎没有海潮的清香。海豚们莫不是跑去外海了,或者正在海湾哪里游来游去呢?就不肯再来这里腾跳一次了?

我打算迟早养一条狗，像奇瓦瓦狗那样小小的室内狗。本来想养海豚，养不成的吧？在水族馆工作就好了，不去什么美术设计学校。可水族馆怎样才能进去呢？水族馆是哪里经营的呢？若是市里的，恐怕还是要参加公务员考试的。

花子说偶尔也要吃一顿像样的饭，午饭决定在“伊姆斯”十三楼的“自然食”餐馆吃。提前五分钟去的，但餐馆前面从十一点就有食客排队了。“得，这些馋嘴巴！”花子这肆无忌惮的语声让我有些焦躁。

九百八十日元的套餐有一份浇汁扇贝。不怎么想吃，但既然点了，只能吃下去。总是这样。刚买的衣服在自己房间穿上一看，心想难道果真想要这东西来着？鞋帽也好化妆品也好……老买不想要的东西。买了就后悔，钱都干这个用了。为了赚这笔钱而把自己一点点拆开零售。但现在已不再那么踌躇不决了。想住铺地板的房间，想买意大利沙发，要得到落地灯，想在《克莱尔岛》(Glare)看到的大堡礁(Great Barrier Reef)上的宾馆那样的房间里摆满赏叶植物和奇瓦瓦狗幸福地生活。

“啊——想养条狗。”

“什么呀，那！”满满塞了一嘴无农药蔬菜的花子皱起眉头。

“就像爱富尔[①]广告那样。多可爱啊！”

“傻瓜蛋，我绝对要鳄鱼。”

---

① Aiful，日本租赁、融资公司名。

“养鳄鱼做什么用？”

“养得大大的,放到那家伙家里去。”

“上次说过的那个人？”

花子用力点头:“让鳄鱼把那个男的和那个女的吃掉。”花子两眼发直。

“很可能消化不良的哟！”

“可能。”

那还是初中去别府修学旅行时的事。有个叫“鳄鱼地狱”的地方,高木往里边看时不小心把钱包掉了下去,鳄鱼一口把钱包吞进肚里。修学旅行的零用钱全都装在钱包里,高木哭了起来。班主任说:“吞钱包不是蛮好吗,又没把你吞进去”。我心想:好奇怪的安慰方式……

“养狗又如何？”

“念头总比鳄鱼地道嘛……”

“啊,是吗,未必。”

哈哈哈。我递给花子一个坐垫。

“鳄鱼的优点是只想自己活着,只想自己和自己的食物。所谓自由就是这么回事吧。”

餐馆的背景音乐放的是那不勒斯民谣。以为《我的太阳》是

“噢——那个、看见了么”[①]是什么时候来着?

“想钱啊!”花子带着叹息说,“忽一下子来一千万!”

窗外可以看见一角海面。被参差不齐的高楼和高速公路包围的寒碜的海,像被人喝令“老老实实放下武器出来”的可怜的海。楼顶上立着 PROMISE、武富士和 POCKET BANK[②]广告。海豚为什么是海豚……好吃!也给你真由子一个坐垫!

“五谷饭真对身体有好处的?”花子嘟囔一句,表情就像吃了沙子似的。

例如两万八千日元[③]的润肤膏,例如三十万日元一次的美容,例如一千日元一粒的巧克力,例如两千六百日元一小堆的肉桂……这类东西的价格是怎么定的呢?昨天在超市买秋刀鱼一条八十九日元。鱼妈妈辛辛苦苦产下卵来,没被其他鱼吃掉好不容易长大的秋刀鱼一条才八十九日元。另一方面,装在宝石盒那样的盒里的巧克力一粒一千日元!总觉得哪里不对头。

饭后甜品是黑芝麻雪糕。加上咖啡总共九百八十元,简直太便宜了!正当我在脑海里模仿电视购物频道的语气时,花子没头没脑冒出一句:

“一块儿死算了。”

---

① 《我的太阳》意大利语原文为 *O sole mio*,发音同“噢——那个、看见了么”的日语原文发音相似。

② 均为日本融资公司(银行)名。

③ 指日元。1 万日元约合人民币 820 元(2010 年 10 月)。

“哦？”

“以前也试过一次，上初中的时候。”花子一边用羹匙舀着黑芝麻雪糕一边兴味索然地继续道，“那时是割手腕。倒也不是很想死，想活来着，为活割的手腕。”

此话怎讲？不过还是不问为妙。

“从公寓平台上跳下来的孩子心情能理解吧——那些孩子们也肯定想活下去的，是为了活才跳楼的。”

我“嗯嗯”点头，没忘记表现出忧心忡忡而又适可而止的感觉。

“本来想让JR[①]压死来着，在鹿儿岛干线那里，为了让父母发愁，什么赔偿金等等。但害怕，下不了决心，结果割了手腕。”

“原来如此。”

“所以才说不想死的。”花子露出满不在乎似的笑脸，“一直奉陪下去。有好药，据说能睡熟一样死掉。”

“OK、OK。”

我们便是这样缺乏现实感。

买了一本海豚画册。海豚脸看上去总在微笑。偶尔也有发脾气的时候吧？想必人格高尚。说海豚人格高尚倒是够好笑的。看它们的照片，不知不觉之间脸上的紧张就舒缓下来，自己也开始微笑，尽管没什么微笑的事由。有这么一首歌对吧——能否和我拉手

① Japan Railway（s）之略，日本国有铁路分割民营化后的总称。

指发誓？虽然什么也没说定……我也迟早想和像廉姆·加洛弗[1]那样的好样男朋友一起拉手指，哪怕什么也没讲定。不过，一来二去就会上了年纪，不知不觉之间就会不再心想“迟早”。这么一想，心里就怕。

我出生的地方名叫山田郡山田町大字山田，除了山和田什么也没有。性欲过剩野心过剩的男初中生和男高中生们只能跑跑马拉松接力什么的。所以，那一带有不少马拉松接力赛强项学校，佐贺啦长崎啦……熊本啦。总之因为什么也没有才全都跑马拉松接力赛，此外无事可干。至少跑赛当中可以把无聊忘去一边，于是大家几乎吸毒一样迷上了接力赛。较之倦怠，宁肯选择腹痛——无可救药的我们。

父母都是初中老师。这让我烦得不得了，决定高中一毕业就离家。倒不是讨厌父母，只是讨厌教师家庭那种气氛，讨厌得要死。父母肯定想都没这么想过。和父母也正常交谈来着。不可思议。话语这东西本应是用来沟通心灵的，但是和他们交谈起来，感觉上莫如说是用来回避沟通的。我们为了保护自己的心不受他人侵犯——一如为了防止干扰电波窃听——而进行空洞的交谈。

从小喜欢画画，初中高中都参加了美术部，结果顺理成章地上了美术设计方面的学校。地点不是东京而是福冈这点也特像我，父母也因位于九州地区而予以许可。现在正是秋刀鱼上市的秋季，那么也就半年刚过一点点。那时真是快活，也是因为有开始独立生活

① Liam Gallagher，英国上世纪九十年代走红的“沙漠绿洲”（Oasis）乐队的主唱。

的新鲜感，每天都很新鲜，素描也一张接一张画了许多。

自己都感觉出自己每星期都有不同变化。光是在城市生活、光是目不暇接地观看擦肩而过的漂亮女人，都觉得好像从脑瓜顶到脚趾尖被整形了似的。路过 Gucci 啦 Viton 啦 Saint-Laurent 等专门店时，每每想象自己身穿那里所卖衣服的形象。仅仅一想都觉得身体从里到外变得洗练起来。不经意地扫一眼映在商店橱窗中的自己——有谁能晓得我是山田郡山田町大字山田出来的呢？

“哎呀，是真由子！”

谁？谁知道我的名字？

“噢，智美！你也在这里？”

初中同学。高中不同校，分开了好长时间，没想到会在这种地方不期而遇。九州圈内大都会只此一处，难免大家都往一极集中。而且，福冈的中心区毕竟只有天神这里，以致在狭小的乡下都难得一见的伙伴在此愕然碰上。

姑且走进一家便宜的饮食店，适当要了下酒菜和对汽水的烧酒。

“在上空姐学校。”智美说。

“哦，当空中小姐！”

“按理是那样的，可我入学半个月就知道实情了。”

“怎么回事？”

“打的是培养空姐的招牌，但实际上当空姐的一年也就一两个。顶多当 JR 乘务员或宾馆接待员。一半算是新娘进修班吧。”

我们一边左一杯右一杯喝汽水烧酒，一边兴致勃勃大谈往事。智美一支接一支吸烟，大概是对于在空姐学校进修如何当新娘的自己的起码的反抗。她父亲在町立医院当会计，给人的感觉似乎有生以来从未犯过法。在安分守己的父母膝下长大的孩子，或者同父母同样安分守己，或者彻底堕落，非此即彼——我们谈这个谈得热火朝天，并且思忖自己是哪一种。我是个懂事的孩子，因我很早就掌握了把父母的话当作背景音乐来听的技巧。无论多么让人心烦的唠叨，对于我都好比席琳·迪翁[①]。讨厌！滚一边去！死掉算了……父母这么骂我，随便怎么骂。

两人踉踉跄跄走在中洲街上。“不要紧？打起精神来！”边走边互相打气。就是说，我们不折不扣醉得一塌糊涂。但在五光十色的照明中闪闪耀眼的街上行走的，大多是醉汉，脚步踉跄的我们还算是正常的。偶有昂首阔步的人看上去倒像是一身西装闯进裸体海滩的土包子。拉客女郎向男人打招呼：“阿哥，不玩一会儿？”“有好女孩儿哟！”以为大家都是女的而放松下来的时候，一个身穿廉价西装的年轻男子靠上前来，以自来熟的语气搭腔道：

“你们二位、从哪儿来的？两人单独喝酒来着？这么好的女孩儿没人搭理，满街男人全是傻瓜蛋！”

我心想，你才是傻瓜蛋呢！但嘴上什么也没说。智美表面上虽然显得冷淡，但心里并不讨厌。所以当对方劝我们一起去喝酒

---

① Celine Dion，加拿大籍法语流行歌手，后改唱英语，以唱《泰坦尼克号》主题曲闻名。

时，两人都一口一个OK。傻瓜蛋是我们。

从家里带来的手提式CD唱机不再转动了，按放唱键也不动。肯定是电源部位接触不良。这东西哪里给修呢？若拿去“BEST电器”或“BIG CAMERA”①，一来格外花时间，二来花很多修理费也够傻气。毕竟出一万日元就能买新的。可是换新又可惜……结果就那样一直坏着。这么着，“沙漠绿洲”(OASIS)听不成，“黑社会”(UNDERWORLD)听不成，就连“化学兄弟”(CHEMICAL BROTHERS)②也听不成。

让父母买CD唱机是初中二年级那时候，才过去五年时间。又没粗手粗脚乱来，每天听的时间也并不长。近来的家电寿命莫非就这个程度？既觉得太短了，又觉得大概也差不多了，弄不清楚。

据说能活七八十年的我们的寿命如何呢？不至于太短吧？说到底，很难想象自己往下会活五六十年。由生到死之间好像是活着的，其实那不是活着，而是如同坏掉的唱机，或许只是“存在”罢了——因为就人来说即使坏了也不能一把扔掉，理由消极而否定。“活着”这种实实在在的感受，恐怕二十岁之前就已消失得干干净净，估计也就在十六七岁……

高中一年时喜欢上了一个人。是美术部的高年级同学，刚开始那半年左右没把对方当回事。举止不甚引人注目，长相也一般。

---

① 均为东京有名的大型家电专门店。

② 均为西方上世纪九十年代以摇滚为主的流行乐队名。

九月末有体育运动会，从一年级到三年级全校学生以班为单位分成四组比得分，我们班在C组，那个高年级男生也在这一组。运动会上，各组拉拉队要座位后面竖起巨大的胶合板宣传板。制作任务理所当然主要由美术部成员承担。那个高年级男生是C组宣传板制作小组的组长。

宣传主题为“飞翔”，图案使用马格里特[1]那副有名的《大家庭》。上颜色也请一般学生帮忙，但细微处无论如何都要美术部成员来做。我们每天画到很晚。尤其运动会临近后，男生忙着练体操，女生忙着练舞蹈，加上又有拉拉队练习，最后部分差不多只由美术成员完成了。

体育会迫在眉睫的一天，那个高年级男生为无法顺利表现画面波涛效果而心焦意躁。别人回家后他也拿着颜料重新涂来涂去，独自默默挥笔不止。我作为同一美术部成员想回去也回去不得，只好加工作为背景的天空。好歹完工时，晚间八点都过了，外面一片漆黑。

“已经这个时候了？”他看一眼自己的手表说，“抱歉，让你陪到现在。路上危险，我来送你。”

我家离学校很远，每天骑自行车翻山上学。那个高年级男生也骑自行车上学，但方向相反。并排骑车骑到半途，后来坡陡了，便推车前行。

“你听摇滚的？”对方问。

---

① Beńe Magritte（1898—1967），比利时超现实主义画家。

“嗯,一点点。”

“喜欢哪个?”

那年正值帕菲走红,B' z① 啦沙乱 Q② 啦虽说不好意思但也都听来着,可当时来了虚荣心,说道:

“帕蒂・史密斯③ 什么的。”

“哦,听的蛮有品位嘛!”

是吗?实际上还一次也没听过。

“杰克逊・布朗可知道?”

哪里知道!

“‘老鹰’④ 外围的人,他有一张名叫《Late for the Sky》⑤,封套画取自马格里特的《光的帝国》。宣传板上的马格里特也是在听他的 CD 时产生的创意。”

不觉之间来到山顶。

“这里不要紧了。”

“真的?”

“太谢谢了!”

“下次借杰克逊・布朗的 CD 给你,里边的歌很好听的。”

---

① 日本走红的视觉系(一种日本特有的偶像流行摇滚)组合,由松本孝弘和稻叶浩志组成。

② 日本上世纪九十年代走红的流行乐队,已解散。

③ Patti Smith,上世纪七十年代活跃至今的摇滚乐女歌手,诗人。

④ EAGLES,又译“雄鹰”,上世纪七十年代美国洛杉矶一支重要的摇滚乐队。

⑤ 可译为“晚空”。

眼下是黑魆魆的大林湾。我借着间距较长的街灯的光亮，闸也不刹地登车飞奔。弯没拐好，险些撞在铁路护栏上。但我不害怕。我真想就这样加快速度像马格里特画上的鸟一样腾空飞起，飞越眼前舒展的海湾。那是上高一时的秋天，我还实实在在"活着"的时候。

在这里，谁也不认识我，我也不认识他们。互不相识的男女脱光了身体触碰在一起。但亲昵感一点儿也没有，好比麦当劳的店员那尽管面带微笑实则冷冷拒绝的表情。在这个房间里我们十分孤独。

皮肤和脂肪包裹下的男人那很难说好看的身体。我把它作为"物"来对待，胸也罢肚子也罢背也罢屁股也罢，无一例外。医院里"刷刷"切割患者身体的医生们肯定也是这般感觉。我觉得现在若有手术刀，我会毫不迟疑地切割此人的身体。不是出于憎恶，那种心情丝毫没有，一如切奶酪时无所谓憎和爱。不，切奶酪或许多少有些爱意，而对此人的身体连对奶酪那点儿爱意都没有。人的身体不如奶酪。

无论做什么，只要全力以赴就会有成就感，就会忘却什么，一如接力马拉松。劳动是人类的鸦片——卡尔·马克思说的……不对？不过，这也是响当当的工作。和在布鲁氏小商店里卖三角裤不一样，同那种乘机敲诈好色老伯的买卖截然有别（理应有别）。可工作这东西算什么呢？放完高利贷又把钱抢回来也是工作不成？

在因特网上投资也是工作?

不妨认为,这是绝对繁重的体力劳动。工作完了后,身体没有一处不痛,下巴、脖子、肩、关节……不痛的只有心。就是说,和在田里种西红柿、在工厂装配汽车同是资本主义。那是资本主义,这也是资本主义。

“大学生?”

“哦……是的。”

“看我像什么?”

“学校的老师?”

男人霍地从床上坐起。鼓鼓囊囊白得异常的胸口稀稀拉拉长着蜷曲的黑毛,当然不如奶酪那样够味儿。

“怎、怎么看出来的?”

“怎么也不怎么。”

是高中的校长,从长崎来开校长会的。在中洲喝完酒,在同事劝说下来的,他强调说。

“本来不想来这种场所的,可是若一个人回去,大家要扫兴对吧?就勉勉强强跟来了。”

抱歉啊,在这种场所。其实怎么都无所谓,毕竟实际上已经来了,而且实际上已经暴露了丑陋的裸体,尽管想必勉勉强强的。他问我老家,我答说佐贺。又问佐贺在哪里、哪所高中,烦人烦得要死。

“为什么打这种工呢?想零花钱?”

“嗯，算是吧。”

“其他工不也可以打吗？便利店啦餐馆啦……”

“这个来钱。”

“哪怕再来钱，长此以往心灵也会不知不觉地受到伤害。那一来，将来很可能没办法好好成家，没办法爱丈夫和疼爱孩子的哟！”

这些话是他让我用嘴爱抚之后说的。我说老师，你到底是来干什么的？是为了讲述从事性产业的危害的？这种人也在学校里对学生大讲什么“生命的宝贵”？倒不是存心责怪他。是好是坏我不晓得。资本主义就是让大家能够干自己想干的事。所以，干自己想干的事的人就是正确的(大概)。

“喂，这回我来为你做，躺下！”

“不用的。”

“别客气，我是客人。”

怪事！不过到底是校长，蛮有两下子。

“如何，舒服吧？”

时而是在学校里向学生们讲“生命的宝贵”的教育工作者，时而是在娱乐场所爱抚年轻姑娘的好色老伯。就是这样，只要出钱，谁都能合法地从事一切。因为换个立场什么都可以做，所以谁都不具有自己真正的场所。“生命的宝贵”云云根本没有说服力，全都带有谎言意味。我们全是谎言式存在。人的生命之类，想必只能宝贵到和这种谎言相适应的程度。

一切都轻飘飘的，只要“呼”地吹口气，就能整个吹翻，可以做的事也好，不可以做的事也罢。在这个世界上，根本没有什么正确事情。这种感觉极妙。

校长继续爱抚我。我不太喜欢别人碰我，但毕竟算是工作，再说这么舒舒服服就能拿到钱，得庆幸才对。

千辛万苦长大后落进恶人渔网，在超市出售的秋刀鱼一条八十九日元，而我脱光身子爱抚来爱抚去每小时得到的钱差不多是它的一百倍。过意不去，尽管不知道对谁过意不去。因为不知道，所以姑且无论对方做什么都一动不动，疼也忍着不动。为受虐自杀和少年犯罪吓慌了神而一条道跑到黑似的只管大讲“生命的宝贵”的校长正以像要扭掉脖子的架势爱抚我。光景虽有些令人不忍，但也不失美感的吧……肯定。

在附近超市买了一盆铁线蕨。最初一盆八百日元，好一段时间只是路过看看罢了。后来有一天，卖剩的几盆降到五百日元，便宜了三百日元，不由得买了下来。即使这个价也不知道是贵是便宜，姑且认为差不多可以了。

天天用塑料瓶浇水，摘去颜色变褐的叶子，边摘边跟铁线蕨说话：

“早上好！谢谢你没枯萎，今天也要好好活着哟！”

每当手指碰到柔软的叶片，人是脆弱的生物这一感触就在心底静静生根。不浇水就枯萎。我所以不断为如此脆弱的植物浇水，是因为感觉上自己是被这植物激活的。或许人这一存在比铁线蕨还脆弱。表面似很坚强，其实脆弱得很——我觉得是这样一种感触在支撑着自己。

理想是怎样一个东西呢？

看了旅行见闻录就想去旅行，看了美食报道就想吃好的，看了服饰介绍就想买名牌手袋。女性周刊总好像不断培植错误欲望，或者说错误理想。我们是为了那种理想或欲望而劳作，也就是赚钱。干什么都离不开钱。这个社会，没有钱等于人格都几乎遭受蔑视。想用最快捷的方法弄钱……于是就做起皮肉生意。男孩子莫非当强盗不成？

理想是什么呢？

小学六年级的时候，班上有个自己喜欢的男孩儿。有个迷信说法，说左手无名指贴一块救急膏会互相思念，我就一直贴着救急膏，可是没能互相思念。人生就是这么个东西。什么也不追求，什么也不期待，什么也不相信，那样就不至于受伤害。

有个好男朋友，一起在公园划游艇吃冰激凌，这曾是我的理想。现在想尽快还上欠款，想除了铁线蕨还买很多很多植物，把房间弄得像热带森林一样，这就是理想……仅我一人的理想。为此什么都能坚持，讨厌的事也能忍受。

和花子是在保健时间里在休息室相识的。我不擅长在休息室和其他女孩闲聊。懒得听人讲同伴的传闻和客人的坏话，也懒得讲自己，因此总是在单人房间里看周刊等待机会。可是保健时间必须待在休息室。

“爱抚男人的时候，每次那东西喷洒出来，心里都好像一阵兴奋。”花子第一次见面就毫不害羞地说出这种话来。“不过，一旦入了这个行当，很难一下子脱身出去。毕竟舍不得放弃眼下的生活。与其放弃，还不如死了……不这样想？”

“不清楚。”

花子以费解的神情看着我。

“你叫什么名字？”

“真由子。”

“唔——是真由子。我叫花子，多关照。”

女士俱乐部的领班为了赚零用钱而为性爱场所物色女孩这类幕后消息也是干这行后不久花子告诉我的。最初根本没想去那种地方。只是对别人甜言蜜语感到新奇和欢喜。原以为那样的情形只发生在电视里，而现在正发生在自己身上。尽管自知是逢场作戏，或者不如说正因为自知是逢场作戏才心神荡漾地沉浸在逢场作戏的世界里。

我想肯定是由于寂寞，想找人听自己说话。那以前从没有人好好听自己说话。和朋友交往，大多是自己为对方出谋划策。同母亲交谈，母亲单方面说个不停，自己说时基本是回答问话。而女客俱乐部的男孩子实在很会听人说话，以致心情放松下来，话一句句脱口而出。明知是买卖也还是抵挡不了那种快感。

虽然只喝了一点点，但欢喜得不得了。那家夜总会按时间计费，注意到时，差不多三个小时过去了。智美也好我也好身上都没那么多钱，着急之间，只听对方盯视我们的眼睛低声亲切地说："别担心，把身份证什么的留下来就可以了。等有钱时拿来……"我们险些回答"明白了，Darling[①]"，尽管意识到那亲切而清澈的眼睛背后是那样空洞。

留下学生证回去的。心想再不能去第二次了。哪怕再快活再舒服，也不是靠父母汇款生活的专科学校的学生能随便去的地方。我和智美告别时都自嘲地总结道"做了一件大傻事"。银行账户有父母汇来的买画具钱，先用这个垫了，画具款准备靠在便利店打工积攒。

做傻事啦愚蠢啦，进入反省 MODE[②] 时人固然这个那个想很多，但当时别无选择（我以为）。事后得知，智美求父母临时汇钱来还了欠款，当即要回了学生证。比起明智的智美，我是地地道道的傻瓜，虽然事出有因……

第二天，那个男孩子打来电话，聊了一会儿例如"昨天好开心啊"之类仿佛刚刚相识的恋人那样的话之后，以轻描淡写的口气说道：

"有个打工的好地方，不试试？哪怕只面试也好。"

我所以出去，是因为想再见他一次，没问打工什么地方。在

---

① 古英语。亲爱的、可爱的。

② 模式、方式、状态。

STARBUCKS 咖啡店碰头，边喝当天优惠价咖啡边吃肉桂面包卷。他说这里的好吃。的确好吃。在露天咖啡座喝着咖啡闲聊的我们，在旁人看来怕是一对恋人。

“没跟智美打招呼？”

“打工名额只一个，瞒着她没告诉。”

和他一起去了那个酒吧，是所谓夜总会性质的酒吧，基本上只陪酒，摸摸碰碰那样的事一概没有（很难信以为真）。还说只要对外出交往巧妙拒绝（如果能拒绝的话）、不告诉手机号码（死缠硬磨地问怎么办），就不用担心。刚一出门，眼泪就忍不住淌了出来。虽说半是演戏，但演戏跟自己的心情一拍即合。

“你介绍的地方，太过分了！”

“对不起对不起，”他以擅长的花言巧语（理所当然）安慰道，“不过工钱可是好得出格的哟——还想让你来俱乐部的。”

“在外面不能相见？”

“外面真的不行，露馅会被解雇的。”

对方的用心我清楚，对受骗也觉察到了，但还是让人快意。我已经半自觉地进入“被坏男人玩弄的傻瓜女人”这一 MODE。由于夜间工作，不用旷课。当初的借款本可轻松地还上……可是事情当然不会那么称心如意。下班后，我简直寂寞得坐卧不安，不由得跑去他在的俱乐部。每次去他都很亲切，但那只是出于作为领班的工作。他找出种种借口，绝对不在外面见我。

我一个人持续跑去女士俱乐部，用卡付款。只能认为自己疯了。知道这样不行,却控制不住。由于花的钱比夜总会挣得多,欠款急剧膨胀,不到一个月就债台高筑。幸好学校放假,八月不分白天黑夜地干,白天餐馆,晚间夜总会,之后还是去女士俱乐部。睡眠时间一天只三个小时左右,在餐馆稍微得闲就站着打盹。在夜总会,陪酒时每次装醉打盹,客人都往胸部摸来。一来懒得开口,二来一心想睡,差不多听之任之。其中也有肆意伸进手指的公司职员……恶心!

知道不能这样子下去。欠款不见少,再这样干下去,不等新学期开学身体就先坏掉了。先把欠款还上,还上之前不去女士俱乐部,或者再也不去了,这回可要说到做到——我把这样的誓言贴在房间墙上。进入九月,暑假还剩一个月了。我准备十月前还上欠款,以全新的心情迎接新学期。然而光靠在餐馆和夜总会打工,短时间里很难还上。

一次在街上走时,目光落在招收招待女郎的广告和传单上。至于在那种场所实际从事怎样的服务,具体内容一无所知。上面倒是写道“开开心心赚大钱”,但问题是“开开心心”指的什么。我观察路旁店门的情形,尽量挑看上去地道的地方打去电话。免费电话,按上面的录音打往另一个号码。如此拐弯抹角,怕不是合法买卖。接电话的是一个给人以蛮不错的感觉的女人,大致介绍了情况。我决定先去面试再说。

店长三十来岁,和颜悦色。说话用词十分客气,不勉强自己做什么。“请在可能做到的地方画个圈!”说着,递给一张纸来。一看，眼睛直了。Kiss 和 fellatio① 之类自是晓得，但手捋？masturbation②？对方说明时间里，脑袋晕乎起来。欠款还是靠在餐馆和夜总会打工好了！店长问“只去参加讲习可以么”讲习？

竞争起来，人都要变成一个样。幼儿园和小学的运动会上，体型和姿势一个人一个样，那种想怎么跑就怎么跑的感觉让人发出微笑。但若近求快跑，就要有理想的体型和姿势。结果，大家变得体型一样，姿势一样。看奥林匹克田径赛，总有些悲从中来。

精英们全都一个脸型。在不允许发生错误的世界里求生，势必变成那个样子。拿简单的计算题来说，也会有几种错误算法，每一种都有那个孩子的个性表现出来。然而正确计算谁来算都是正确计算，个性不可能得到发挥。一直在以求取正确计算、正确答案为至上命令的世界里求生，难免所有人一个长相。

我所以喜欢他，是因为看上去他具有唯独自己才有的世界。我们那所高中，在当地算是升学率相当高的，但那个高年级男生无论做什么都好像不同周围颜色混淆。考试临近也不时去美术部活动室，或聊天或拿画笔指导低学级同学。虽然不玩命用功，但仍考上了可以说不错的国立大学，到底非同一般。

春假期间去他家玩过一次，找的理由一是祝贺考上大学，二是感谢一年来对自己的帮助。拿了花，母亲给了红茶和长筒形小甜

---

① 口交。

② 手淫。

糕。两人一起听了杰克逊·布朗的《晚空》(Late for the Sky)。话也说了一点儿,但没有偏离美术部高低年级同学的轨道。预定时间转眼过去,回去时他送到岭上,一如运动会画宣传板画得很晚那次。

穿过岭下隧道,有个急转弯,路旁栽的樱花树已开始零星开花。

“已经开了!”他抬头看着树枝,惊讶地说。

“今年是暖冬。”

“叶都长出来了。一般是花开完了才长叶的吧?”

这是相当危险的征兆,他说。

“喏,通过‘deep impact’[①]发现小行星接近的天文学家——接近那种发现吧。”

樱花树上发现一颗启明星,在启明星的右下方还有几颗小星。阵风吹来,头顶上树叶沙沙作响。两颗星泛红的光闪仿佛为我们的未来祝福。往下呢……

他拉起我的手,手比我想的有力。他想碰我,被碰之前我就觉出来了。你的感觉、你的体温……碰到了我。他的体温通过毛衣传递过来。魔术般的片刻。这里是仅有我们两人的天文台。星空银幕上映出我们的恋情。

然而持续时间不长,关系重新返回原地,简直像什么也没发生。盯视他的眼睛,刚才还在那里的陌生人已经消失,里面微笑的是我所知道的他。

---

① 大意为“深度撞击”。

“保重！”

“你也保重！”

没有约定再会，我们以有距离的视线默默相互注视。胶卷还在转？

“那地方有墓。”他打圆场似的说。

樱花树下并列着两三座开始倾斜的墓，墓碑上长满绿苔，表面有些湿润。

“看样子相当古老，”他自言自语着朝墓石走了几步，“不过够风流的了，墓建在这样的地方。”

蓦然，我涌起一阵悲痛，几乎让我透不过气来——此人迟早也将死去入墓这点作为无可遮掩的事实如疾风一般掠过自己的胸际。面带温和微笑的此人终有一天消失。我们明知要消失，却又无可奈何。

“那，就送到这儿了。”

春风从古墓上方吹过。

“实在谢谢了！”

“该谢你才是，特意跑来。”

最后握手，他握得很自然。很快，他骑自行车下坡而去，我骑下另一侧坡路回家。我目送他的背影，直到拐弯不见。回头一看，夕阳即将沉入海湾的远方。我想喊住他，想追上去把他领回，对他说：“看，漂亮吧？”

大海在记忆也抵达不了的远方闪着红彤彤的光。这时我才感到自己赖以生息的世界的美丽。我们活在同一世界,这个世界迟早要舍弃我们。这一痛切的现实就是美丽的实质。他们可曾知道?塞尚、莫奈、凡·高他们。美存在于我们有限的生命中,我很想让他看见,和他一起欣赏……我陷入这样情思之中。

不可以杀人,这和战争中可以杀人是同一回事。有的孩子因受不了同学欺负而自杀,这和有的孩子在布鲁氏小商店卖内裤玩是同一回事。有男人付给我多得离谱的钱,这和我毫无价值是同一回事。以我的……我的身体换得的钱同我毫无关系。我自身几乎不参与我这个人的价值。对我来说,我是别人的事。我的实体又在哪里呢?

有人从楼上掉下,啪嗒啪嗒,就好像附在树干上的蚂蚁被摇晃下来。那些紧紧趴在窗口的人,不知是热得受不了还是被烟呛晕了,一个接一个掉下来。尚未见过的、无意而又的确在内心深处知晓的事现在正变成现实。有个自己通过电视荧屏目睹此情此景。仿佛长期盘踞在自己心头的不安化为具体图像出现在眼前。尽管心底一直感觉到这种不安和威胁,却始终将其置于意识之外。未得回顾的东西被赋予野蛮暴力这一形式从现在我所生息的世界正中冒了出来。

“好了,慢慢考虑一下吧!”讲习结束后那个男人说,“不用着急。考虑后如果决心做这个,打电话过来就是。”

走到外面,一瞬间忘了季节,不知是夏天还是冬天,感觉上似乎完也完不了的季节一直在持续……没什么不得了的、没什么了不得的——我边想边走。种种念头在讲习结束后都同淋浴的水一样淌得一干二净。“没什么了不得的”这个念头也淌走后，我的心如刚刚打磨过的不锈钢变得光溜溜的。

出店时对方递给的信封里装着一枚五千日元钞票，打算用来美餐一顿。保证最低三万五千日元，一个月干二十天即七十万日元。两个月还完欠款还有零用钱剩下。在表格上填写出生年月日、原籍、现住所、学历、职历、动机、理想收入、身高、体重、三围尺寸等等。正当我担心日后出麻烦而犹豫时，对方说腰围减10、胸围加10。

“绝对不会用这个敲诈你的，只是为警察检举时准备的。”

哪怕再有钱也不去女士俱乐部！下决心干这行时，我清楚知道那已是不可变动的事实。为什么去那种地方呢？为什么被有口无心的男人们甜言蜜语心里美滋滋的呢？心里确实美滋滋的，那是因为我还有重量。但现在我本身已轻飘飘的，轻得像空气，再也不用听有口无心的男人们甜言蜜语了。

工作时，作为选择有一项是“电车色汉”幻想现实化服务。为了渲染气氛，在单间里悬一个吊环，身穿女文员或女高中生等对方希望的制服，抓在吊环上由客人触摸胸部和臀部。我逢场作戏，一边扭动身体一边口说：“快别、别……喊人了！”男人的欲望是个谜。女人的欲望简明、有效。快活赚大钱，如此而已。好坏另当别论，在便利店和餐馆打工，无论如何都赚不了这么多。

为了钱非干这个不成？与其这么想，不如心想原来干这个也能赚钱来得积极。这就是我们的求生之道……例如坐着竞选车不断喊着候选人名字连声说"拜托了拜托了"那种工作——相比之下，干这行要好得多，倒是因人而异。至少我没给任何人找麻烦，自己干活挣钱偿还自己欠的款，光明正大！

奇妙的世界。在这个世界上，越为自己做什么，自己越变得不重要。喜欢什么买什么，衣服也好手袋也好……钱用在自己身上，自己却无足轻重。用飞机撞大楼那些人我不理解。不过我想，对他们来说，最重要的是真主之类，自己不怎么重要。

我们走向哪里呢？要往哪里去呢？敌人啦朋友啦说个不停，但真正的敌人是什么呢？在谁都不爱惜自己的世界上，人不过是啪嗒啪嗒跌落的存在。一切都可笑又可悲。在这个世界上，美好的东西肯定已荡然无存。

住处附近有很多乌鸦，天天早上被"呱呱"叫声吵醒。醒来时觉得似乎受了愚弄，而那竟奇异地让人快意。"啊又被愚弄一番"，这么一想就感到开心，一种预感——这一天又可对付过去的不无自暴自弃意味的预感随之涌起。

花子打来电话说她感冒了起不来床，决定先去看望一下。半个月前辞工不干的花子现在在更挣钱的桑拿浴室干。

"实际干起来一点意思也没有。"她发表感想，"刚刚开始时当然有抵触，但转眼就习惯了。首先是轻松，骑在上面摇晃腰肢发出假装兴奋的声音就行了。”

她劝我也过去,可我到底对跟素不相识的人干那事感到别扭,不喜欢被人摆弄身体。于是婉言谢绝了,说还是自己能掌握主动权的眼下 Health[①] 这活计更适合自己。亲口说出这种话的自己也够可悲的。

那个人身体有残疾,眼斜嘴歪,话说不清楚。由于说话很难沟通,就写在纸上交谈。“今天希望我怎么做?不喜欢怎么做?”——好像比用嘴巴交谈还能息息相通。这让我有点儿欢喜。要说的事大概本来就没有多少。花子自己说她中意说话,而我喜欢默默服务,那样可以产生从事一项工作的心情。

路上买了很多橘子、梨和苹果,很重,买雪糕就好了。但我决定这样想:重是爱的表现。做那种事的过程中,花子有没有对男人身体的重量产生爱意呢?

“丁冬”按门铃进去。

花子房间到处是书,书的作者几乎全是我不知道的。和她吃梨时间里,视线忽然落在一个书名上面:《一点一点死》……哎哟,简直在说我们。一个叫席琳的人写的。得,名字活像内裤厂家名称[②],却写出这么难的书。

洗完堆放的衣服,午间给她做了鸡肉洋葱炒饭。配料少,就放

① 即 Health Center,日式用法为“大众性娱乐场所”,有的提供程度不同的色情服务。

② 法国一家女服厂家及其商标名称为“席琳”(Celine)。

了很多番茄汁,胡椒粉也洒得辣味十足。

“好吃!”花子说,“你做的鸡肉洋葱炒饭,非常非常好吃!”

“那就好!”

“和我母亲做的一模一样。”

“那还用说。”

“Thank you,真由子!”

“you are welcome,花子!”

有人喜欢自己做的事当然高兴。花子说“好吃”,我就在心里觉得“好吃”。

“花子,可有梦想?”我试着问。

“有啊!”

“什么样的?”

“有个极棒的男朋友,在枕边为他掏耳朵。”

“哎哟,你够浪漫的!”

“你的梦想呢?”

“我的梦想……”

想在樱花树下接吻,想再一次找回高一的自己,和他在一起。

“和真正心心相印的人轻轻接吻,只碰一下嘴唇。只轻轻一碰,就有什么流过两人中间,啊,我和这个人一起活着——就是能有这种实感的接吻。”

“唔,唔,往下呢?”

来这里之前,去栽有樱花树的岭上看了看,正是三年前那个季节、那一时刻。不料,我们曾接吻那里的樱花树差不多砍光了,铺了沥青,成了公园,以便从岭上通过的人可以停车观望海湾景色。我用脊背拒绝那样的景色,只看路面踩自行车。有人把我的心用沥青封死了,寸草不生,只记忆留下来。和他一起看的樱花树、两人找的启明星、交谈的话语、嘴唇的温柔……我的心也和这些记忆一起永远留在了那一时刻的那一场所。

“真由子,吻一下!”花子说。

“哦?”

“轻碰嘴唇那样的吻。”

“算了,感冒传染人的。”

“求求你……”

花子的嘴唇热乎乎软乎乎的,像婴儿的嘴唇。自己的嘴唇也肯定那样,我想。什么也没失去,一如在樱花树下接吻之时。

“放学后在教室里接吻真够刺激的啊,”花子说,“比什么接吻都甜美,一辈子都怕不会有那样的接吻了。”

“何至于。”

“不会有了,这我知道。”

花子开始哭泣,像雨静静落下。持续哭了很长时间。我没有劝她,只是躺在旁边抚摸她的头发。今天希望我怎么做?不喜欢怎么做?

“哭让人心里舒服。”花子说,“因为很久没哭过了。怎么哭都忘光了……你也哭哭看?”

“一下子哪哭得来！”

我代之以害羞的一笑。最后那次哭是什么时候呢？忘了，很久以前的事，久得想不起来了。

“一起死怎么样？”花子以分外透彻的声音说。

如此说来，书架上是有一本名叫《今天正好死》的书。写的什么呢？死之前想多少看几页，却又觉得麻烦，反正是死……可是真会死么？没有活的切身感受，也就没有死的实际感触。所以，很可能感觉不出死。总之一回事，活也好死也罢。既然这样，还是别找麻烦为好。

“可以呀！”

“真的？”

“千真万确，OK。”

“高兴啊！那，满满吃一肚子好东西！”

那是为何？

“最后的晚餐嘛。”

反正大买特买。定下寻死，花子陡然来了精神。我们对现金和卡来个总动员，买了大凡能想起的东西。既是庆贺，还是少不得香槟，于是买了东佩雷。说要尝尝世界三大美味，就买了鱼子酱和鹅肝馅饼。松露蘑菇没找到，只好免了。转而在 SEVEN ELEVEN 连锁店买了布丁、威化蛋糕、夹馅炸面圈和饭团。

“噢——”花子咬一口鹅肝馅饼，“一股男人的臊味儿，恶心，给你！”

“No, thank you.”

东西的价值是什么呢？对于我们，高档食品也不过是“男人的臊味儿”。香槟像对水的苹果酒。

“还是夹馅炸面圈好吃。”花子说。

“嗯，饭团还是金枪鱼蛋黄酱的够味儿。”

端起酒杯人就变得粗俗这点可谓新鲜体验。随着醉意加深，我们两人都成了“少女版中年汉”。

“男人那条破烂玩意儿，他们竟好意思称为 penis[①]，简直笑掉大牙。”

“爱抚的时候别笑，笑会憋死人的。”

“那种男人偏偏这个那个问个没完。恨不得一下子斩草除根。”

“不让人爱抚就感觉不出自己是男人……”

“可怜啊，男人那东西。”

鱼子酱罐头印着莫名其妙的字母，花子说是俄语。

“蛮博学的嘛！”

“我父亲是船员，跑国外线的。”

“你母亲莫不是《蝴蝶夫人》？”

一个晴朗的日子……

“我小时候受母亲虐待来着。”花子说，“想死也是因为这个。不愿意活了，用剃须刀割了好几回手腕，但痛得没能割深，吞声哭泣。对谁也不能说不能讲，只能哭泣。”

---

① 阴茎、阳物。

幸福是什么呢?

我们都渴望幸福。可是在接触“幸福是什么呢”这一问题之前,真不大清楚渴望幸福的“我”是怎么回事。“我”莫非就是以这具肉体活着的我不成?姑且这么认为吧,于是吃好吃的,穿好看的,抹高档香水……

那种地方的休息室里贴了一张纸,写道“强迫发生关系罚款一百万”。那么对于虐待孩子的母亲,需要贴出怎样的纸呢?

“船一到船坞,全家就去看父亲。”花子继续道,“横滨啦神户啦新潟啦……上船让父亲带去下一个港口。那几天幸福极了。在父亲面前,母亲也很温柔。TOKAY 那种葡萄酒可知道?匈牙利或罗马尼亚那一带的葡萄酒,甜甜的稠稠的,很好喝。父亲喜欢那种葡萄酒,在家里常喝。我从小就能喝酒,求父亲给我喝一点点。虽是小孩子,但也知道好喝。”

喝起酒来,花子比平时还要饶舌,语声渐渐含糊。

幸福是什么呢?

为什么大家一门心思盼望幸福呢?不幸福又有什么不好的呢?幸福到底意味什么呢?幸福能像东西一样可以拥有不成?幸福是某人的所有物?已有好几个月没碰画笔了。不觉之间没心思画画了,而以前一有时间就手痒,非画不可。这样子下去,说不定我们离幸福越来越远。

“一次父亲说我不是他的孩子,”花子现出往远处看的眼神,突然冒出一句,“那是小学五年级的时候。父亲醉得相当厉害,情绪本来一直很好，却一下子沉下脸来，瞪大眼睛盯视我的脸。我怕得不行，在心里叫道别那么看我，但说不出话来。父亲看着我的脸说：'你不是我的孩子！'清清楚楚那样说的。谁都要想为什么说出那种话，对吧？那以来一直想，父亲的话总在脑袋里。”

“怕是开玩笑吧？”

“因为 TOKAY 葡萄酒的关系？”

“我也给父亲那么说过，说是被人扔在桥下哇哇哭，就捡了回来。怕是出于抚养香具娘[①]那样的愿望吧？父亲全都是傻瓜蛋，都想当竹取翁。”

“有件事我就觉得蹊跷，”花子没理会我的安慰，“哥哥和姐姐都是六月生的，为什么单单我是十二月生的呢……这件事本身一点也不奇怪，但在父亲说出那句怪话之后，就有了深一层含义。毕竟父亲出海一年才回来一次。父亲一个堂弟常来我们家，我们叫他叔叔，父亲好像怀疑他和母亲有什么。母亲虐待我也大概和这个有关。”

活着一件好事也没有啊，花子，我在心里对她说道，樱花树也砍光了……

“一直想不明白，”花子说，“自己是谁？自从小学五年级开始……我是谁的孩子？脸长得也不像哥哥和姐姐。始终不明白，现

---

① 日本古代物语《竹取物语》中的主人公。从竹筒里出生后，由竹取翁（伐竹翁）夫妇抚养。三个月即长成美丽的少女，一再拒绝诸多贵公子甚至帝王的求婚，于八月十五日月圆之夜升天而去。

在也不明白。”

我住的是低造价公寓，楼上常有声音传来，人走来走去的声音，厨房移动椅子的声音，有时候还有拧水龙头的声音。听得最清楚的是“丁冬”那声门铃响，进入面对通道的洗浴间的时候，往往误以为是自家门铃。左边房间住一个二十几岁的女职员，不时有男人来过夜。鞋声早已听熟了，一上楼梯就知是“那个人来了”。对别人的事一清二楚，对自己的事却稀里糊涂。我们真是不可思议的存在。

不是同情，只是嫌麻烦。

“陪你一块儿死！”

我像在说世界上最简单的事。反正几十亿年后地球要消失的，人类也该在那之前就报销。十九岁死也好，九十九岁死也好，都没多大区别，区别无非是早一点晚一点罢了。

“谢谢，真由子。”花子似乎破涕为笑。

“好事。先喝酒吧。”

“喝、喝！不喝酒死不成的。”

如此交谈时间里，我们一步步沉浸在“今天正好死”那样的心境中。

也许，在拥有了“幸福”这一观念那一瞬间便同时拥有了不幸。这就是“幸福”的真相，现在明白也为时不晚。总之一切都让人心烦，活着也好苦恼也好思索也好，喜怒哀乐之情也好什么也好。既然全都烦，那么就喝酒好了，顺便喝药。

能像睡觉一样死去——真有那样的药？喝完酒就晚了。不过，死了都一样，也罢。痛苦只是一时，过了就什么都感觉不到了。一无所感，一无所烦，一切彻底为零，即使现在也大同小异。那一来岂不没必要特意死了？这么想也让人烦，死掉算了！看见之前死掉……错了？

下雨。头痛得像要裂开。痛是活着的证据。翻个身都险些吐出。呕吐感也是活着的证据。药喝进去了？连这个都记不得了。忍住呕吐起身，在房间角落发现裹毛毯睡着的花子。爬过去确认她是活是死，还算活着。睡得人事不省。怕是喝药了。

“花子，不要紧？”

“难受啊。”

“药呢？”

“阿司匹林在洗脸间。”

看情形用不着叫救护车。重新躺下，倾听雨声。闭目听雨之间，恍惚觉得自己站在雨中。近来持续干旱，对于这雨街树肯定欢喜。一瞬间我觉得很幸福。喜欢雨浸入泥土的气息，喜欢含雨树皮的感触，喜欢树叶密密麻麻的树下那一小块干地。什么，原来在这种地方……幸福。

蓦地，我想起家里过去那台缝纫机。SINGER 牌老式脚踏缝纫机，据说是去世的祖母的嫁妆。到哪里去了呢？不知什么时候不见了。上小学时，用那缝纫机第一次做了件围裙。不习惯，忽前忽后，针也弄断了好几根……

“不行。”

“去哪儿？”花子从毛毯下探出脸问。

“回宿舍一下。”

“下雨呢！”

“借把伞。”

在厨房喝了两杯水，把呕感压下去。

“中午回来，老实躺着等我。”

“快点回来呀！”

我把花子担忧的语声扔在背后，走出房间。忘得干干净净，铁线蕨！稍一断水就枯萎，好不容易长出的新叶即刻变成褐色。枯死了如何是好？在大巴上差点儿吐了，撑伞大步疾行。运动衫下面渗出汗来。竟这么远，花了近一个小时。开门进去。一整天不在家，房间空气一股霉味儿。

直奔窗前的铁线蕨。

“还好！”比预想的精神，“对不起！”

像往常那样用塑料瓶浇水。边浇水边想海豚们。没听有消息说已经捕获，想必现在正和伙伴儿一起在东中国海悠然漫游。

或许我们是通过深以为自己即是自己而把幸福关进极为狭窄的场所的。我所以是我，是因了我以外的无足轻重的存在：海豚、铁线蕨、今天的雨……

明天也要记着为铁线蕨浇水。

“一言为定！”虽说不能拉手指发誓。

接下去，今天……去找海豚好了。

撑伞走在雨中的公园。到底空无一人。天空灰云低垂。雨没有变大，但不屈不挠地下着。石板路面被雨淋得闪着幽光。我决定先去桥那里看看。边走边不时凝眸注视灰蒙蒙的水面。河口附近停着几条挖泥船。当然见不到海豚。没准已经不在这片海域。

桥下已有人在那里，一个大块头年轻男子。职业摔跤手……何至于。他怔怔看海吸烟。少走近为好。我从他身后悄然走过，走到雨快要浇到的地方。堆放筑路器械的空地的前方，隔一道铁丝网是汽车装运码头。

海浪拍打着码头和桥梁，声音在桥下很吵。海并没有多大的风浪，而仿佛什么东西破裂的涛声却在这里响个不停，或许因为混凝土回响的关系而听起来格外大。远处的圆顶体育馆和东京塔透过雨幕浮现出来。海豚们逃走后的水族馆也在海的那一边若隐若现。我在脑海中推出海豚们贴着海面持续游动的姿影——流线型的灰色身躯冒雨破浪滑行。

听得动静回头一看，男子正朝这里走近。一瞬间我觉出来者不善。

“不喝咖啡？”声音比预想的尖厉刺耳。

“谢谢。”

什么时候买来的呢？附近又没有什么自动售货机。男子津津有味地喝着易拉罐咖啡。我也小心不伤指甲地拉起硬硬的易拉环。

“学生？”

我讨厌别人这么问，这让我想起 Health 里边的中年男人。

“嗯，啊。”

我随便朝哪里望去。装车作业在雨中继续。专用运输船横靠在码头，准备运往哪里的小汽车一辆接一辆爬上斜坡。身穿蓝色工作服的司机们把车开进船里，再乘小型客货两用车从船里出来，又一次钻进停车场上的小汽车，开车消失在船里。我看了一会儿他们的作业。

“刚才顺着人行道走来这里的吧？”喝完咖啡的男子问，“在这里看你来着，头一次也没抬，一直朝下低着。”

“是吗？”

“自己意识不到。”

“以为像普通人那样走来的。”

“看见我吓一跳吧？”

本想说因为你块头大，但没有做声，怕惹火他。

“那种走法不好，首先有危险！假如我是莫名其妙的男人，你怎么办？”

“你是莫名其妙的男人？”

“不是说不是的吗？”

甜津津的易拉罐咖啡，现在十分可口，怕是酒喝过头的关系。

“啊！”

“什么？”

“海豚跳出水面。”

“哪里……”

“说谎的嘛！”

“瞧你这人。”

我宁愿相信这个谎言。一直相信下去，成真也不一定。

“铁线蕨、不给水马上枯萎的吧？”

“说什么呀？”

“不知道？赏叶植物。”

“铁线蕨是什么当然知道。”

“不能吃的。”

“不是说我知道的么！你以为我是谁？”

“谁？”

“别看我这样子，我可还是超市的副店长，在鲜花专柜那里卖铁线蕨什么的哟！”

“今天超市休息？”

“超市开着，我休息……刚才你那句问话不有点莫名其妙？”

从太古时代开始，问话恐怕就是莫名其妙的吧——为什么我在这里？为什么 A 是 A 而不是 B？问是人的专利。很难认为海豚们会发问说“为什么活着”。结果，人就成了莫名其妙的动物，说到底。

“那座岛呢？”又问一次。

“叫能古岛。”

“那就是能古岛？”

“你从哪儿来的？”

“那边。”

问话引起答话，答话又引起别的问话，我们就是这样一点点接触对方。人这种动物虽然莫名其妙，但很敏感，不能马上就舔对方的脸。

“岛的外围有非常非常好看的樱花，”他说，“那地方几乎没人去。脚下还开着菜花什么的。”

“地方正适合强奸。”

“想的什么呀！”

我闭上眼睛，试着描绘海岛尽头开放的樱花和菜花。明天的事都正经考虑不来，而明年春天的事却能考虑，不可思议。我们基本活在 moratorium① 当中。

“想去啊！”

“领你去好了。”

“真的？”

“发布樱花开花消息的时候来超市找我。”

男子道出超市名称。虽然不是我买铁线蕨那家超市，但不由得涌起亲近感。

“拉一下手指吧。”

---

① 延期偿付债务期间。

“什么呀，风风火火的！”

“一言为定嘛，是吧？”

拉钩拉钩，撒谎鬼吞针，吞针一千根。雨依然下个不停。运动衫和牛仔裤都湿乎乎的了。海豚没有出现。不过，它们肯定在这海的什么地方，我总有这个感觉。

樱花开的时候，我会在哪里呢？

他们活着，我们死了……

管我叫JUSCO好了，朋友们都这么叫。“哟JUSCO，近来可好？这次比赛，队员不够，肯出场的吧？”

至于我为什么被人称为JUSCO，是因为我在名叫JUSCO的超市干了很久。若是NAPHCO[①]或TABASCO[②]，到底难以接受，但我原本性情憨厚，眼下仍被称为JUSCO。

从中学到大学，我一直打橄榄球。position[③]是prop[④]……对橄榄球不感兴趣的家伙听起来，这说法恐怕只能像是什么少见的鸟

① 日本仓储式家具、日用品杂货廉价批发连锁店名。

② （吃意大利面条用的）墨西哥辣椒酱。

③ 此处指球员在场上的位置。

④ （橄榄球）第一排边锋(1号和3号)。

名。说到底，你们可知道橄榄球是以十五人为一队争夺的？也罢。不过即使你们，scram[①] 之类怕也是晓得的。那时在最前排直接同对手争抢的就是 prop。橄榄球是一种游戏，要争抢几十回合。处于守势，防卫队员便投不出好球，所以绝对不能后退，一定要向前推进，哪怕推进一厘米也好。不妨说是一种艰辛的买卖。我上中学时就是边锋，个头大是最主要的原因。据校队登录的数据，现在身高为一百七十八厘米，体重九十九公斤。这似乎有些拘泥于细小数字，其实已经超过一百公斤。

开始玩橄榄球是由于父亲的影响。老头子是所谓橄榄球精英，高中、大学以至工作后一直是队里的主力，甚至入选过几次国家队。进入公司后也步步高升，如今是当地一家电力公司的专务董事，在队里时是外侧前卫，这可以说是最能为橄榄球增添光彩的明星角色，前锋拼命抢来的球是死是活也取决于外侧前卫的判断，是传给中间还是投给外侧抑或自行突破防线……个头并不很大，作为橄榄球选手我想个头算是小的。母亲和妹妹个头也一般。不知何故，单单我牛高马大。真是老头子的孩子不成？得趁母亲还健在的时候问清楚才行。

说起来，说不定我打边锋这点就让他不够开心。肯定觉得这不适合上杉家的人。因为我家老头子也打橄榄球，打的是外侧前卫，乃是以敏捷的动作和艺术性才华传球给防卫队员的传球专家。服役时期老头子的传球，火候也好准确性也好球路的变化也好，在

① 抢球，蜂拥抢球。

所有方面似乎都够名人级。况且，上杉家的中卫都出身于庆应或早稻田，而作为边锋的我一不是庆应二不是早稻田三不是明治[1]，而是关东一所后办的私立大学。

虽说后办，但也算是相当厉害的学校。在热身赛中还胜过北岛教练率领的明治大学。高中时代甚至作为九州强校的正式选手去了花园[2]。尽管是边锋，但我本身也差不多走的是橄榄球精英之路。不料上大学不久由于受伤的腰没完全治好，比赛有时参加有时不能参加。后来也是由于低年级中有好选手进来，自己彻底成了替补队员。抢球时在最前线同对手冲撞的边锋，非有熊熊燃烧的斗志不可，而那斗志也不知不觉之间烟消云散。我提出退队申请，最后大学也中途退学了事。

在市营住宅小区的入口处等待时，桥本乘坐的班车准时开来。我从车尾升降梯接过轮椅，推去小区里边。太太拿东西走在我身旁。桥本八十二岁，几年前因脑中风卧床不起。除了像这样两周去医院检查一次，基本不离床和轮椅。市营住宅是在还没有 barrier free[3] 这样的说法那个时代建造的，别说电梯，连轮椅通行的斜坡都没有。桥本被迫在轮椅上生活以后，市里设法把他迁到了一楼，可是楼门口那五阶楼梯，七十七岁的太太无论如何也奈何不得，于是

---

① 均为日本有名的大学。

② 位于京都的日本最大的橄榄球场。

③ 为残疾人修建的无障碍设施等。

我们这些护理员派上了用场。

我在信箱旁边停住轮椅锁好，然后绕到正面，单腿在椅前跪下。腿脚萎缩的桥本借助太太的手一点点移到我背上——没有梦想没有希望那样的重量感。

“听说你打过橄榄球？”太太边开门边说。

“嗯。打到从大学中途退学的时候。”

“从佐佐木经理那儿听说的。”

“怪不得身体好。”背上的桥本高兴地接道。

“只是身体好。”

“肌肉一块块像肉瘤似的。”说着，一下下揉搓我的肩膀。

“让我摸摸！”太太突然抓在我的后颈上。哦，好痒。“哎呀，一点不错！”

抓得我差点儿让她丈夫掉下去。

“羡慕啊！”桥本深有感慨地说。

我把桥本小心放在床上。老年人骨头脆，容易折断。在护理讲座上听说一声咳嗽都会使肋骨断掉，何况我腰上还有块随时可能爆炸的病，以这种姿势干活时尤其要注意。

“喝口茶什么的再走吧，”太太爽快地招呼道，“还是喜欢咖啡？”

我喜欢桥本夫妇，和他们说话一点也不别扭，莫如说让人心情放松，但这样是不可以的。

“谢谢。可这就要去下一家。”我谢绝对方的好意。这种时候我总是变得饶舌，“往下要去帮人洗澡，另一个伙伴应该先到等着我呢，我不去澡洗不成。”

“倒也是，洗澡一个人是做不来的。”

“嗯，容易滑倒，洗头发时也得一个人撑着另一个人洗……”

实际上再在这里待一会儿也没关系。蹬自行车去，喝咖啡这点时间还是有的。那时的我很想同桥本夫妇喝着咖啡聊天，就算明知端上来的是雀巢咖啡也想聊上一会儿。

“好了，该走了。”我有些造作地看一眼手表。

太太把我送到门口。

“摩托？”

“丁零零的。”

她愣了一下，很快明白过来：“啊，自行车。是啊，你佐藤君总是骑自行车。”

我没纠正她把名字说错了。

“那，我就告辞了。”

“辛苦了！”

仰卧推举一百公斤重的杠铃，推举十下就可能使脑血管爆裂。实际上也可能裂了几条，扑哧扑哧……像我这样体重将近一百公斤的人假如卧床不起，护理的人想必够伤透脑筋。即使不到五十公斤的桥本都让看护他的人相当劳累。看来得尽快雇用鲍勃·萨普那样的家伙。本该优先雇用退休的K1选手[①]和职业摔跤手当护理员才是道理。

推举之后，分五次分别做了十次深蹲动作，接着又举十公斤哑铃。把哑铃挂在护耳上用脖子举起。由于长年坚持这种训练的关系，我的肩和脖子的肌肉才一块块隆起，使得桥本夫妇也大为佩服。学生时代我就喜欢一个人默默锻炼肌肉，好像很适合自己的脾性。所以，边锋这个位置也可能是适合我的。

社会上的橄榄球队仅靠队员的会费支撑，一句话，没钱。而且除了几个学生队员，其他人都有工作，练习时间也难以保证。因此，每周三次的场地练习，全都用来练习如何突围和互相配合。至于举重训练和奔跑，就要各自找时间了。球队从属于县里的橄榄球联赛，由A到E分成五个组，每组由八支球队组成，九月至十一月进行联赛。依其结果，由各组的前两名和后两名进行淘汰赛。我们队是D组，时下一胜四负，剩下的两局若不胜出一局，很可能沦为后两名。淘汰赛万万要不得，败了就落入E组。

从超市店员到老人护理员——这样的变化很难说多么堂皇。若问理由，其实自己也稀里糊涂。感觉上似乎是为了找出那家伙才做这种护理工作的。不过，到底还是那个……唔，一定是因为那个——正好一年前我在电视上看见恐怖分子们劫机扎进大楼，惊讶得就好像球被对方一把抢走。我茫然，动摇，手足无措，心焦心躁，不知自己现在是不是这个“自己”，觉得再不能在超市里四平八稳

① 可以用脚踢的拳击手。

地卖铁线蕨了。

往下进展很快。一如天生的外侧前卫，我当即判断出抢到球后将要受到的攻击方向，断然付诸实施。在分泌过剩的肾上腺素的驱使下，还不知道护理是怎么回事就抱起球试图突破有利线（gain line）。但冲进这个行当之后，我萌发了很冷静的想法：只是卖的东西变了，而实际干的和超市店员时代大同小异。而且，较之在超市卖的货物，我们现在卖的“护理”这个商品相当粗制滥造。服务提供者个人之间也千差万别，何况收费也莫名其妙。以上门护理为例，在护理不满三十分钟的情况下，服务费为二百一十分，其中九成由保险公司支付，患者自己负担部分为余下的一成即二十一分，换算成现金为二百一十日元……这东西让人上不来实感，服务费不具有一盆铁线蕨八百日元那样的现实性。

最让我头痛的是自己的护理劳动能否像蛋糕一样切开零售……按规定，禁止给护理对象服药。可是如果即将“到期”的人一再请求，那么从人道角度就很难说“不”。这倒也罢了，若别的护理员接手护理同一人，而那家伙又是个榆木疙瘩不开窍的脑袋，那么我就要被逼入进退两难的境地。实际上也有过类似的事：一次我出于好意为经常上门护理的老婆婆泡了茶，不料同事告诉我别给自己增加工作量。就是说，一旦某人出于好意做开头的事成为惯例，结果上势必增加劳动强度。可话又说回来，如果照章办事，那么未尝不可以解释为斤斤计较。叫我如何是好呢？

六十八岁的中原是个所谓独居老人,很难接触。十年前死了老伴,现在一个人生活。当过公司的主要干部,连同这自有房产,积蓄足够生活开支,退休金也该拿了不少。因此,做饭和打扫房间什么的由上门的家政女工负责,购物也差不多由她包了,按理轮不到我上场。但在特定情况下,有事找到我头上。

中原一如往常地斟了满满一杯波尔特红葡萄酒递过来;我简单道谢,把他托买的东西从超市购物袋中取出摆在桌子上。我把款额和商品对照电脑清单说给他听,他几乎没当回事。我叮问"没错吧?"他甚为不屑地说了声"可以了",依然看着电视不放,边看边舔一口葡萄酒。

"午饭可吃了?"我边问边把买来的东西放在适当地方。

"吃了。"中原冷冷回答。

"吃的什么?"

"奶酪。"

桌子上有一大堆药,前些日子我买的"雪印"6P 奶酪就混在药堆里。

"那不是喝葡萄酒时吃的么?"我一边收拾桌面垃圾一边说,"服药期间要控制喝酒,不然影响药的效果。"

那药量可不是普通量。除了一直服用的高血压和哮喘药,还有血栓溶剂以及抑制其副作用的药和胃药,大致扫一眼都有五六种。弄不好,药量比饭量还多。一次吃这么多药,我这样子的当场就可能晕过去。我认为这样的人生是不对头的。尽管不对头,但那不是我的人生而是中原的人生，自是不应我来说三道四。

大约三个月前，中原右边的腿肚子忽然肿了起来。估计是病菌入侵，去附近医生那里开了抗生素吃了一段时间，岂料非但没有好转，反而恶化不止，不久痛得路都走不动了。住院一检查，得知腿静脉有了血栓。脑袋里也好像有几条小血栓。都还无需动手术，决定吃药看情况再说，于是出了院，我们前来帮他每周去一次医院和洗澡。

上门护理，如厕和洗澡等时候常常免不了相当密切的接触身体。在这方面，感觉上有抗拒反应较强和较弱的两种。想起来，在与人交往上面，大概也有各所不同的免疫系统。肯定有性格啦自尊心啦等各种各样的原因。心脏移植的时候使用免疫抑制剂等来强制性拆除身体界线，但在护理现场，问题就非常微妙。像中原这样难以顺利接受别人主动行为的人，即使护理员们也视其为偏执的老大难人物敬而远之。实际上站里派来的护理员也无论有无经验和性别统统被其拒绝。不知何故，唯独我这个新手得以顺顺利利通过免疫系统，结果受到老手们奇妙的称赞：“上杉君这人像艾滋病毒似的！”不知不觉之间，我作为对付中原的特殊人物得到站里认可。

“不来口葡萄酒？”中原以听起来不无傲慢的语气说。

“那就不客气了。”

我一口气喝干杯里的葡萄酒。本来就能喝，陪他喝酒根本算不得痛苦，不过问题恐怕不在这里。

“再来一杯如何？”

“还得赶去下一家。”

这样的问答也成了我同中原之间的惯例。

“下次来时给您洗澡。”

中原露骨地现出厌恶的脸色。我中意他这个脸色——既是对于别人的拒绝，又将他和自己本身过不去这点暴露无遗。

以前工作过的超市里有很详细的服务守则，从寒暄的方式、笑脸的形成到如何接受顾客所要商品，简直包罗万象。同样，护理守则里面也有详细规定。不过，就连对人微笑或伺候拉撒都要依照守则，想起来也够滑稽的。

“购物清单，带走可以么？”

中原默默递过便笺。

“葡萄酒还是以往的那种吧？”

“啊。”

如此这般，世界所有场面都在麦当劳化。细想之下，中原的偏执和冷淡恐怕也是出于对自家身体麦当劳化的一种小小的抗拒。他是想以这种形式保卫自己，肯定。

这天，我把桥本背进门厅后，少有地发现他家里脏了。桥本的太太是个一丝不苟的人，从门厅到起居室，平时总是一尘不染。可是今天拖鞋柜上薄薄地落了一层灰，起居室地毯上有线头和棉絮样的东西。两周前也这样来着？我每每心血来潮：好，开吸尘器吸尘！又是拉线又是软管什么的，在狭窄的房间里吸尘，即使身体好的人也嫌麻烦，何况对于将近八十的老人，想必更是重体力劳动。站里的老同事一再叮嘱尽可能不要提供导致增加劳动强度的服务，哪里管得了那么多！见义不为非勇也！桥本的护理计划差不多也该增加家务分担了。

“借吸尘器用一下好么？”

太太以浑浊的眼睛愣了片刻，表情像接触不良的电路终于接通似的返回脸上，说道：

“吸尘器在冰箱里呢！”

口气十分平静，一瞬间我还以为自己听错了。我当即考虑往下该采取的行动。守则上面没写这种场合应怎么办。说到底，关键事项守则上什么也没写。视线同在床上看电视的桥本碰在一起，那是失望的眼神。当我想进一步读取里面的表情时，他倏然移开视线，用遥控器调高电视机音量。孤立无援的我……

我决定姑且打开冰箱，至少要在形式上做出服从太太指令的样子，否则怕是不合适的。不料打开冰箱门的刹那间，我不由得屏息僵在了那里。门内侧冷冰冰冷藏着的不是啤酒，而是打开瓶盖又没使用的日清色拉油，并且同样的东西有五六瓶很和睦似的一字排开。我觉得自己看了不该看的东西，轻轻把门关上，早已没了回头看床上桥本的勇气。

“没有什么要我买的？”我不理会刚才的内容，向太太问道。

“没有，可以了。买东西算是我的爱好。”

“买东西我懂的，当护理员之前在超市做店员来着。”瞧我说的什么,“卖园艺用品什么的。”

我想起一个月前上门时这对夫妇半开玩笑说的话。一次桥本中午想吃鸡蛋盖浇饭。他抓起太太拿来的鸡蛋,觉得很凉很凉。但因为放在冰箱里了,凉自是理所当然。桥本猛地把鸡蛋磕在碗边上。“你猜怎么着上杉君,蛋没破,碗倒破了。”

“好硬的蛋啊!”

“不对,”太太笑着接道,“我一马虎放在冷冻室里了。”

“得得!”

“两人大笑一场。”说罢,这回三人大笑起来。

那可不是“不由得”不是“一马虎”,而是明显的痴呆症状,包括太太时不时叫错我的名字。痴呆不同于精神病,周围人很难看出那个人什么时候开始痴呆的。听说起初表现是小小的错觉和轻度健忘之类,而当大家开始以为不对头的时候,往往已经发展到相当严重的地步了。总之回到站里得向佐佐木经理汇报。

如此思来想去,打开可能放有吸尘器的壁橱一看,甚至不容我计较里面放的东西——出来的竟是十多把扫帚和撮箕,看得我愣了好半天。目睹如此数量集中的场景还是头一遭。即使以前工作的超市,店里放的也至多三四把。

给地毯吸尘的想法早已不翼而飞。说到底,家里脏乱也是因为太太痴呆的关系。顺藤摸瓜,种种事情明白过来。我是这样推断的:大概她被务必购买一件东西的念头缠住后,即刻付诸实施。然而没等使用买回的东西就已彻底忘记已经买回一事本身,于是翻来覆去购买同样东西。其结果就是整齐排列在冰箱里的色拉油、就是在黑暗的壁橱里等待时机的扫帚和撮箕。

怎么办呢？不用想我就得出了结论：自己无能为力。我们的工作是协助料理日常生活，没时间用在精神方面的护理，那也不是报酬评价对象。OK，还是按守则做好了。

“那么，今天就到这里了。”折回起居室的我若无其事地朗朗说道。

“辛苦了！”

脑袋螺丝脱落的太太无论多么不自然的局面都应对自如。让人庆幸，也让人不忍。话虽这么说，她为什么把色拉油放进冰箱呢？一个月前把鸡蛋放进了冷冻室。一个月后她家冰箱还会放进什么呢？不愿意多想的疑问。那就不想好了。思考对策不在我们的职责范围内。

电视声音很吵。虽说老年人耳朵不好使，可这音量也未免离谱了。扫一眼电视，重播的历史剧。“倘进展顺利，必重重有赏！”如此密谈场面以大音量渲染出来，很有些超现实感觉。我再次朝床上的桥本看去。他也意识到我的视线回过头来，眼睛哀求似的诉说什么。至于是希望我置之不理，还是让我把这窘况转达给护理站经理，我一下子很难判断。

有照明设备的球场的租金为两小时三千日元。一番争抢之后，我们反复练习两人配合传球和如何控制球，练了差不多一个小时。

迄今为止的比赛中,很多时候因为增援不及时而使球被对方抢走。于是我们定了练习计划,以免下次比赛重蹈覆辙。

"喂喂,在那里贴紧身体牢牢做成楔子!"队里年龄最大的原国家队的小濑下达指令,"再往下贴!"

常说橄榄球是毒品,一旦被它俘获,终生休想挣脱。我想起自己上高中时的事。那时想的尽是橄榄球——怎样才能抢过球多少推进一步,怎样才能打败对方。脑袋装满了去花园比赛的事。说幸福未必不是幸福。

我想,任何行当里一流人物都像是吸毒者,脑袋只有自己入迷的东西。Simple is the best[①]。调戏女人的家伙注定当不了正式球员。自己也有那样的倾向,所以退了队也退了学。但思考问题时也因此不缺材料,尽管冲锋陷阵时代有人说我打的橄榄球"缺乏智性"。

"碰撞时往下收腰,要从肩部用力冲撞。要敛气,稳稳控制身体。"

祖国怎么回事呢?莫非就这样心甘情愿地当美国的狗腿子不成?当然我没有想这种事。为桥本太太的痴呆症弄得一蹶不振的我,总是就"老"这个问题陷入沉思。越是长寿越要面对老这一负面现实,谁都无法幸免。果真如此,那么这个世上就没有什么胜者,我想。是的,是的。那么问题在哪里呢? No problem[②].

若让我说,这甚至有些叫人开心。我们全都持续败北。没有

① 大意为"单纯的就是最好的"。

② 意为"没问题"。

可失去的东西的家伙轻微败北，可失去的东西多的家伙严重败北。在败北这点上，世道不可思议地平等。在赚钱当中、在纳税当中、在逃税当中、在养情妇当中、在从事志愿者活动当中……接连不断地败北，虽说那倒也未尝不可。

“喂，站起来！”小濑用趾尖轻轻踢了一下年轻小伙子的屁股。

“筋疲力尽了！”

“明天要出洋相吗，你？”

“这次比赛我绝对不丢防线！”

“没有根据的大话！”

……不管怎样，在护理工作完了后的训练中消化和年轻人同样的程序到底够辛苦的。都说再没有比体育选手更能真切痛感“老”是怎么回事的了。年轻时很快能好的伤迟迟不好，比赛的疲劳隔一天出现。同年轻人一起练起来，会切切实实感觉出自己失去的东西。明年我就三十了，说不定已不再是浑身弄得泥猴似的追赶椭圆球的年龄了。

“要进一步诱敌深入，那样才能不丢！”小濑想必这样说，“破阵要放低姿势来个迅雷不及掩耳。”

总算到了休息时间，装在大壶里的水传了过来。刚在草坪上歪倒，一个小伙子搭话道：

“我打算回趟老家。”

这也相当令人羡慕。

“回去又怎么样？”

“继承父母的店。”

“什么店？”

“小酒店。”

“那不等于让小偷看家！”

“瞧你说的。长子啊，我。”

“长子？”

练完球，移到熟悉的烤肉店，我在那里再次沉思起来。活着必有痛苦相伴。自己痛苦且不说，有时还要为自己活着给别人增加痛苦。此刻自己吞食的牛，被杀时也该感受到莫大的恐怖和痛苦……然而，自己却无视他们的受苦受难，随口点道：“老板娘，三人份牛里脊加牛舌一盘！”我岂不成了隐形 Psycho[①]？

“跟你说，克隆牛那东西，不认为哪里有问题？”

“干嘛呀，风风火火的！”

“啊，想深了，不知不觉地。”

“好了，牛舌来了！”

“Thanks……所以说，克隆牛这东西，总之就是为了吃上好肉而制造出的目的特殊的生命吧？对这个，不认为归根结底是以享乐为目的的杀人？这种情况下固然是杀牛……反正，一方面肯定这种现实，一方面又告诉孩子珍惜生命——没有说服力啊！”

只要以肉身存在，人老注定变态。这和既然打橄榄球就免不了受伤是同一回事。假如老是不幸事态，那么出生在这个世上本身

① 精神病、神经病患者。来自希区柯克 1960 年导演的同名美国电影。

就是错误的开始。就是说，在“呱——”一声诞生那一瞬间，电源便接在了老和死这不幸的线路上。如果这就是人生真相，那么我们的人生既无梦想又无希望。当然，我不认为这是最终答案。也许下星期发现其他答案，但这星期暂且这样回答好了。

反复练完边线开球和蜂拥抢球的规定动作之后，到了十一日末决战时刻。此战失利，就将打淘汰赛争取留在D组。“六十分钟，尽情享受橄榄球的快乐！”——高中校队的教练在大型比赛前总说这句话，而我们却位于远离“快乐”的地方。

“总之盯好球！”小濑尽量以快活的声调下达最后指示，“被对方抱住摔倒也不要慌张，咬紧牙关挺住。看好下一个队友，把球递给最好的队友。明白？”

噢——

可是按小濑指示打的莫如说是对方球队。刚开始就被六、七号队员巧妙地控球在手，通过持球触地夺走两分，切换也已成定局。这一阶段为十四比零。

“人家一开始就打得蛮轻松啊！”一起打边锋的小伙子搭话道。

“怕是因为留在原级这点明确了吧。”

“我们也轻轻松松打好了。”

轻轻松松时间里，又被夺走两分。对方快速传球果断攻入，通过教练暗示和传小球等不多的手法轻而易举冲进防线。我们也许被压住的关系，还没来得及动真功夫。

“一号、三号，多动！”是在说我们，“守卫队员的脚印线要完全被人越过去了！”

对不起！

腰的状态已到了极限。抢球时我尽量不往受伤的部位用力，但受阻的时候无论如何都做不到。控球和相持不下时作为主力也必须迅速跑去增援。况且小濑叫我在守卫的时候不要越过对方守卫队员的脚印线。说到底，日本人都是工作狂。

自己的球被蜂拥抢夺时，腰部一阵剧痛。由于是在球门前五米处展开的抢夺，这里要绝对把球留在手里。对方的三个前锋合在一起用脑袋狠狠朝胸口撞来。我弓身挺住，脊梁骨“嘎吱嘎吱”作响。蓦地，我心想何苦做这种事呢？从根本说，我是为什么开始玩橄榄球的呢？

橄榄球是一项危险运动。蜂拥抢球时又踩又踢对方的脑袋，抱住摔倒有时会给对方以致命的伤害。但比赛当中选手不会那样做，而下意识地在差一步之前停止脚步。这是通过打橄榄球培养的一种能力，具有如此判断力的人可以将世界引向和平——中小学时时常听到这样的话。

弄不好很可能再也爬不起来，我的理性这样告诉我。莫非选手生命就这样在社会橄榄球联赛D组最后一场比赛中结束不成？我这可怜的橄榄球人生……不，岂止橄榄球，护理员工作也可能无能为力。这样可以么？无所谓可以不可以。世界已经僵挺，选择的余地越来越小。从事自杀性恐怖袭击的恐怖分子，生为美国人就只能投身于接连挑起的战争，和这同一回事。真的同一回事？见鬼，脊梁骨快断了！

从边线开球争取到球门前控球，就势向前推进，终于挽回一分。又用相同战术夺得一分，进而在即将中间休息时以罚球追了上去，前半场以二十六比十五结束。以我们现在的战斗力来说，十一分之差相当严峻，但攻势上来节奏有了一线希望。

补充水分时，以小濑为核心再次确认因地制宜的战术。

“多动，全都动得不够，尤其五个前锋。”

又是我们……得！

“守卫队员动作也慢，所以控制不了球，攻击也出不来节奏。总之朝接触点快速推进。最后一场比赛，剩下的四十分钟，死活都得拿下！”

看来，我到底被那自杀式恐怖行为吓破了胆。和自己年龄相仿的一伙家伙不惜粉身碎骨来诉求什么。对错另当别论，对于他们来说，活着便是如此狂热而剧烈的东西。我受到震动。有人没等活到三十岁就以自杀袭击这种形式粉身碎骨地死去。而另一方面，我们注定要活到接受护理的年龄。不过究竟如何呢？在神那样的人眼里——以第三者眼睛看来——活着的是他们，我们则已经死了。会不会是这样的呢？

死一样活着。明知是死了的活而活着。在这个世上，已经只能这样活着了。所以才必须向谁证明自己是在痛苦地活着，证明还没有死去。

拿我们说吧，我们切身知道摔倒对方将给他以何种程度的伤害，因为自己也处于被摔倒的立场。但是，使用精确定位武器摧毁敌人的士兵们能够切实想象被击中之人脑浆四溅血肉横飞的场景吗？战争越来越高科技化，处于单方面杀人一方的人溅不上死去之人的血沫，甚至硝烟味儿也闻不到。置身于抽象化的战争，在摧毁敌人方面很难保持正常的判断力。在仅以透明的数值攻击对手的无色无味的战争中，他们想的是什么呢？当杀人变为让人无动于衷的无机物的时候，在那样的世界上活着的我们真能说是"活着"的吗？

我们赖以东奔西蹿的这颗行星，此时正处于这种状态。就算再一身汗水一身泥巴地追球，现实也是作为现实而存在的，在那里边追问肉身真实感也是徒劳的。从被杀之人看来，fair play① 精神无非部分富裕社会中流行的体育比赛式欺诈罢了。在电视上看比赛结束的笛声之后交换球衣的选手们，现在的我只能认为是恶劣的玩笑。话虽这么说，我并不是要肯定自杀式恐怖行为。那毕竟太不像话了，作为人是不可以那样做的……而这样的心情又很不着边际。

这么着，此时此刻我彻底被汹涌袭来的虚脱感所俘获，呆呆站在这里不动。虽然实际上呆立不动，但又未尝不可以说由于不愿意主动承认这一点而正在发疯似的抢球。本来想动也动不得，却又拉出将寸步不让的对手拼命推下去的架势。说实话……一股刀剜般

① 意为"正派打法，光明正大的言行"。

的疼痛掠过腰部，几乎疼晕过去，眼前一阵发黑。

我以眩晕的脑袋继续想道：我为什么在这里呢？为什么在这里做这种事呢？为什么在继续给受伤的腰以伤害、让脊梁骨吱呀作响的同时双腿踩在这里不动呢？力争比对方抢先一步……为什么？不知道。很想喊痛，痛呀、痛呀……不，不行，我不是想喊痛。是的，我是想喊"爱"。

我爱你们——拉乘客一起撞进大楼的你们、那一瞬间肯定发出同一疑问的你们。我这样相信你们（为什么？），爱你们。为什么要像杀害蚊虫一样杀害无关的人们？因为自己的兄弟和同伴被杀害了。被人杀了就要杀人……可是，为什么？

穆罕默德回答这个疑问了么？回答为什么了么？那个回答一直管到自己粉身碎骨那一瞬间了么？那果真是超越你们的死而始终闪闪发光的回答么？为什么、为什么、为什么、为什么……

比赛过程中，身体里面有时陡然沉寂下来。不知沉寂的是自己还是周围的世界。虽说在大型运动场打球，但欢呼声全然传不到耳畔，运动场四周的景致映不进眼帘。唯独自己一人在沉寂的空气中动来动去。疲劳感已然失去。被摔倒也觉不出痛，感觉上似乎可以越过球门线不断跑向前去。身体好像轻轻浮在空中，简直像在云层上比赛……一种无可言喻的陶醉感。

意志是无能为力的，那不知何时何种情况下到来，和比赛流程基本无关。有时候在难解难分时到来，也有时候在大获全胜之后出现。同身体情况和竞技状态也好像无关。犹如神的心愿或天的安排，越过某条线突然到来。离去时也和来时同样毫无征兆。既有时候在比赛当中忽然听得欢呼声，又有时候在更衣室回过神来。我所以一直打橄榄球，也许是为了品味那种陶醉感。

十一月最后一战中，我百般忍耐腰痛死命拼搏，结果，随着比赛结束的哨音倒在运动场上，再也爬不起来了。同伴叫来救护车。在去医院的车中我察觉右脚没了感觉，就像长时间蹲坐而脚麻痹了似的。不用说，学生时代受伤的腰部的小肠疝气恶化了。医生对动手术持慎重态度。即使动了手术，效果也未必好。于是决定先用牵引和注射的办法观察一段时间，如果麻痹仍未消除，再考虑下一治疗方案。

最初一星期是躺在硬板床上以近乎绝对安静的状态度过的。脚腕缠着皮带，从中探出的钢丝端头带一个铁疙瘩，使之经常保持负荷。母亲前来看护。毕竟我需要五级护理，成了重达一百公斤的工业废弃物。别说行走，就连吃饭和上厕所等日常活动都几乎一个人做不来。

从第二星期开始，好歹可以推着步行器独自上厕所了。抓着栏杆"嗨哟"一声蹲下屁股，切切实实生出日落黄昏的心情。医生说橄榄球那东西简直胡闹，瞧这状态能否做回护理员都成问题。我这个人的存在根据究竟怎么的了？我一边排便一边像考虑别人事似的考虑起来。

"你父亲嘛，"母亲一次一边照顾歪在床上的我这个儿子吃饭一边开口说，“今年三月就到退休年龄了，知道吧？倒是作为董事留在公司里，但只是挂个名。所以晶子她们正计划在亲人圈里开个庆祝会，你不也参加？”

看样子母亲是想把父亲的退休作为父子和解的转机，可事态并不那么简单。说到底，我们果真失和了不成？真实情况是：老头子单单对儿子失去兴趣，认为我无法满足老子的期待，离我而去。至少我是这样认为的。不是错觉。不在身边时才爱得起来的对象世上也是有的。

“连续杀人犯好像为行凶本身而自得其乐，并非有什么目的。一开始大概是出于偶然，一时失手啦心头火起啦等等。可是一旦尝到滋味，杀人就成了精神寄托，也就是成了人生本身，或者是毕生的事业。”

母亲以惊讶的神色看着我，战战兢兢地问：

“这和你父亲退休，可有什么关系？”

“没有。”

住院期间，我看了一本跟踪记述在同时发生多起恐怖袭击中自杀的恐怖分子足迹的书。作案团伙作为秘密据点的公寓里的居民作证说他们都是给人以良好印象的看上去认真的人，无论如何想不到会做那样的事。不过，细想之下也是理所当然。若是看上去是“做那样的事”的人，恐怕也不会让他们在住处附近转来转去。

“老头子看电视时可笑过？”我忽然想起，问道。

“笑倒是有的。”母亲诧异地反问，“怎么？”

“没见过笑过嘛。”

“几乎没在一起么，和你父亲。”

“那也是的。”

“在一起一段时间，会看到他笑的。”

“很有点像去看极光似的。”

“什么呀，那？”

“朋友去格陵兰岛看极光来着，那可不是随时能看到的，至少要住一个星期，他们说。”

“瞧你说的。”母亲笑道，“你父亲又不是西表山猫[①]。”

说法多种多样。

“庆祝会你们适当搞好了。”

“拿你没办法啊！”母亲现出一丝伤心的样子。

这天夜里也在担心被牵引的脚，辗转反侧难以入睡。邻床睡的患者的鼾声让人心烦。不时有人大声笑着说梦话，想必梦见开心事了。或许听觉格外敏锐的关系，放屁声震耳欲聋。病房住六个人，都比我年龄大。大概因为整形外科极少死人，所以比其他住院楼开放，尤其全是男性的病房里，弄不好，气氛就像游手好闲之人聚在一起横躺竖卧一般。同房病友们一过熄灯时间转眼就睡了过去，快得叫人心悦诚服。我平时入睡蛮好，但在医院里不成。肯定是身体失去自由的缘故。

---

① 1967年在冲绳西南部的西表岛发现的原始山猫，体长60厘米左右，圆耳尖，大鼻头，毛褐色，有斑纹。在日本被列为“特别天然纪念物”。

闭目合眼又不能翻身，迷迷糊糊想起小时候的事来。上六年级的时候，一次老头子领我出去钓鱼。时节记得是五月末。那之前两人没一起钓过鱼。老头子只知道打橄榄球，当时也在社会A组联赛所属的公司球队当领队或当什么来着。我也作为少年橄榄球队的一员每天从早到晚忙于基本训练。若说如此两人为何突然去钓什么鱼，好像是因为市里建造的海滨钓鱼公园竣工了，老头子领了招待券，加上需要应酬，决定亲自跑去一次。

所谓海滨钓鱼公园，其实是一座由岸边向海湾突出一百来米的T字型钢结构栈桥，入园者在入口借得钓具，买得鱼饵，随便找位置垂下鱼钩。我们也当即把青虫穿进钩尖，在适当地方抛了下去。可是眼巴巴等了一两个小时也根本没鱼上钩。我不耐烦了，放下渔竿在栈桥上走来走去。其他人看样子也没钓上来。有的鱼桶偶尔有一条比金鱼大不了多少的小鱼，但花那么贵的入园费而收获如此之小，连我这小孩子都觉得傻气。

我坐在栈桥上呆呆望着炫目耀眼的海面。梅雨到来之前的初夏的大海。每当有渔船驶过，海浪就打在脚下的混凝土桥墩上发出很大的声响。运小汽车的货轮在远处缓缓行进。过了一会儿，老头子从栈桥另一头一阵小跑赶来。以为他有什么急事，我站起身来。

“快来看！”

他抓住我的肩把我领去的，是刚才钓鱼那个地方。老头子站着用手指着黄色帆布桶。水底有条小鱼，在栈桥上转来转去时几次看到的别人钓的那种小鱼。

“笠子鱼！”老头子得意洋洋道出鱼的名字，“放到大酱汤里好吃着咧！”

我佩服地点了好几下头。

“你也再钓钓看，”他往鱼钩穿上新鱼饵，“喏，保准一条接一条上钩！”老头子说罢回过头来，脸上现出不无羞赧的笑容。

得知桥本夫妇双双自杀，是新年过去没几天的时候。佐佐木经理打电话通知的。事件发生在大约十天前，翌日报纸上发了一条小消息。那时我还在医院，没有注意。似乎是非自愿自杀。

也是因为年底临近而出院的我相隔一个月返回宿舍。母亲劝我回家休养，但那里没地方住。正月妹妹夫妇也要回来。妹妹的丈夫在老头子任职的电力公司的替代能源开发推进部或什么部门工作。声明一句，我反对核电。即使不反对，也和那家伙合不来。宣称不要孩子而让伴侣做了不孕手术的男人——没心思和这样的男人一起喝酒。这么着，新年那天母亲在多层饭盒里满满装了年饭送来。初一初二[①]早上为我煮了杂烩年糕。我吃着母亲做的年饭，正月也没喝酒。一来医生不允许，二来自己也并不想喝。

高中锦标赛决赛那天，我有一种每年在超市卖盒装“春季七草[②]”的感觉。去年这时候尽管超市经理一再挽留，我仍准备参加护理讲座。今年则坐在榻榻米无腿靠椅上用电视看花园决赛。两

① 指公历一月一日、二日。日本明治维新（1868）后改称公历一月为正月。

② 芹菜、荠菜、鼠曲茶、繁缕、佛座、蔓青、萝卜。

支队此前基本每隔一天比赛五场。日程的严酷程度不是社会队所能设想的。当时以为理所当然，没当回事。现在回头看来，深深感到年轻这东西真够胡来的。虽说是高中生，但身体已很大块头了。冲撞也够激烈——这次的橄榄球赛肯定是一场鏖战。

趁比赛结束之机，我又开始喝酒。冰箱里有东一牌五合[1]瓶清酒，一次从家里偷偷拿来的。我用原单位招待去平户旅行时买的秃角四角形玻璃杯慢慢喝着。一个半月没喝了，喝起来很香。边喝边想桥本。用尖头菜刀扎睡在被窝里的太太的胸部，扎死之后，自己把睡衣带搭在窗外扶手上，背靠窗口，脚伸向房间那边坐着——就那样死掉了。遗书中淡淡写了几句，请求宽恕两人给大家添了麻烦。最后交代遗体火化，不进墓地，撒向大海。说不定想写给飞禽走兽吃掉算了，我毫无根据地这样想道。

我在脑海中推出桥本拖着萎缩的腿从厨房拿出菜刀的形象。那样的身体居然能完成那么大一件事。说完成也许不够谨慎，但我还是想这样说。对于他那应该是一生一世的大事。手握菜刀返回起居室后，口念"阿弥陀佛"一刀扎进睡着的太太胸口。当然实际上念没念佛我不清楚。说起来，桥本家是不是净土真宗我都不知道。若是法华宗，想必口念"南妙宝华莲经"，可若是那样，圆满的非情愿自杀恐怕就很难成立。

几年前，丹麦一家老人福利院发生了护士杀害二十名老人的案件。在德国、奥地利和北欧各国，医院的护士以十人至二十人的

---

① 一合相当于一升的十分之一。

规模连续对处于病症晚期的长期住院患者尤其老人实施安乐死。面对身患重病需要护理的老人们不得不在医院等设施里生活的现实情况，在那里从事看护和护理的人们多数场合似乎是出于怜悯才让他们死去的。就桥本来说，大概也是因为可怜痴呆的太太和半身不遂的自己才选择很难说是安乐死的死亡的。

史无前例的高龄化比率固然达成了，但这个社会并没解决关键问题，只就突然提出的口号和达成目标大唱高调，致使大小纠纷不断，设施兴办方和使用方都处于摸索状态，一天天得过且过。虽说护理工作已作为有偿服务使得社会认可和可视化，但无论多么德高望重之人都要在自己孙子年龄大小的、毫无血缘关系的他人的护理下死去——对这一现实何人是如何认可的呢？作为现状，护理一方只是出于无奈——既然事已至此也就只好这样——在蹂躏多数护理对象的自尊和隐私的过程中将他们推入绝望的深渊，不是么？

把睡衣带搭在窗前扶手上的桥本的样子在眼前浮现出来。这时我蓦然心想，说不定桥本也还是想活下去的，说不定是想通过亲手处理掉痴呆的太太、进而对身体行动不便的自己也予以彻底清算这一方式来继续求生，或者离开的，离开这个化粪池一样的世界。他是拉着太太的手以自己的双脚大踏步离开的。以扼杀生命的方式获得瞬间的生。在那一瞬间，恐怕还是相信有某种无限存在的吧。

接下去，我开始考虑魂灵。为什么呢？因为我觉得桥本就自身最后处理方式做出决断并予以实施的，大约是应该称为其“魂灵”的东西。是他的魂灵为了拯救自己而促使他采取那种行动的。这样，得到拯救的魂灵从他行动不便的身体解放出来，进而从桥本这个人当中解放出来，迁往不妨说是匿名的领域，在那里绝对不会消失，开始奏响某种固有音色——我是这样觉得的。

但是，若说灵魂是什么……是什么呢？我以醉得不轻的脑袋思索着。比如是现在吃的筒状鱼糕的圆孔不成？孔本身是不能触摸的。不能仅仅把孔取出。可是若不开孔，便绝对不是筒状鱼糕。在这点上，孔恰恰是筒状鱼糕的 identity[①] 赖以形成的要素。而筒状鱼糕此刻在我腹中这一可悲的现实，即便说明连同筒状鱼糕的实体一起筒状鱼糕的孔也消失了，孔这一 idea[②] 也应保存在某个地方——它不会不小心转生为炸面圈的孔吗？

带一瓶波尔多红葡萄酒去中原家拜访，已是一月都进入下旬的事了。我是离职，中原配了新护理员。这次拜访也算对自己中途丢开工作不管表示歉意。虽说没有如此做的义务，但我本来就不是出于义务做这份工作的。按门铃，出来的是四十光景的女子。不像是家政女工。告以来意，一如往常被让进面对院子的客厅。由于光照好，已完全兼作病房了。

“您正学习呢？”

---

① 同一性、本体性、自我认证。

② 希腊语。永恒的真实存在，感觉性个体物的原型。柏拉图哲学的核心概念。

中原靠着榻榻米无腿椅子，伏在被炉上写东西。

“做俳句消磨时间。”

“打扰了。”

“谈不上。”

“脚怎么样？”

“老样子。一冷就好像不妙，怕是血流不畅。我倒也罢了，听说你好一顿折腾？”也许我神经过敏，说话当中的中原看上去喜滋滋的。“小肠疝气？”

“嗯，算是吧。腰不灵了。”

“不有点瘦了？”

这家伙真是可恨。本来我因为住院期间的安卧和出院后运动量不足胖得一塌糊涂，他居然说出这么别扭的话来。

“手术了？”

“没有。拉扯得够呛。等天气暖和了，您也得多少走动一下才行。”

看来两人都只想谈对方。这时间里，房间门静静开了，刚才那个女子端盘进来。

“我女儿。”中原伏下眼睛道。

我简单寒暄。中原的女儿低头说“家父多蒙关照”。说罢出去准备送茶，唯独娴静的印象留下来。

“可以让我看看俳句么？”

“提不起来的东西。”

我看了几首写在二百字稿纸上的俳句。

“你懂俳句吧？”

“哪里，只知道古池塘[①]什么的。”

“勉强做出来的俳句光是热闹，一点儿情趣都没有。”

说罢不无辩解意味的话，中原隔窗打量院子。我也随他从稿纸上抬起头。

“好静的地方啊！”

“静是唯一的优点，这房子。”

“不过，不有点太宽敞了？”

中原想说什么似的看着我，但没开口。其实想说什么的或许是我，比如桥本的事。但一来有规定不许说其他护理对象，二来我也不是非说不可。

“如今好像连遗书都能用电脑写了，”先开口的是中原，“听说有那样的软件，周刊杂志上说的。格式早已定好了，只要填写有关事项，一份具有法律效力的遗书就出来了。”

“再过不久，结婚离婚都可能用电脑实现了。”我附和说，“索性把夫妇弄成只限于因特网上的制度算了！那一来，也就省了法院判决和慰劳费[②]什么的。”

“律师就没事干了。”

“活该，只能这么认为。说到底，律师那东西不就是做委过于

① 全句为“古池塘，青蛙入水传清响”，乃著名俳人（诗人）松尾芭蕉的名句。

② 离婚时男方付给女方的补偿性慰问金，日本法律有此规定。

人那种买卖的么？什么咖啡洒了烫伤人是因为咖啡温度不适当啦，什么妻子有外遇是因为丈夫不顾家啦。有外遇是因为女人品行不端！那种女人如果一旦没了可以推卸责任的对象，笃定说出什么有外遇是遗传的关系，和说杀人是因为脑内物质的关系是一码事。”

“有什么了吧？”中原笑嘻嘻问道。

“什么有什么？”

“好像亢奋得很嘛。”

“是啊。”

中原的女儿再次打开纸拉门。但这回没进来，跪在走廊里跟父亲说了两三句，顺便也向我打招呼告辞。

“长得好漂亮啊！”

听得外面关门的声音后，我故意唐突地说。感觉上似乎中原希望我这么说上一句。

“那也是个不幸的女儿。”

中原断断续续谈起这个女儿。说她丈夫是去年初秋去世的，死得很突然，留下中原女儿和两个孩子。

“任何人看来都是过劳死，但她又不想打官司。一个月好像加班多达一百五十小时。死前一个月每天才睡三四个钟头，根本不是人工作的环境。这家公司，无论对人对物都是一次性消费！”那语气，与其说是气愤，莫如说透出无奈。

“打橄榄球的年轻人说来着：现在新员工义务加班和休息日出

勤成了理所当然的事，跟不上来的家伙就叫他辞职。火上浇油的是，由于 E-mail 和手机的普及，家庭、休息和工作的界线整个消失了，对吧？据说英语里边没有‘过劳死’这个词。这样子，成了发达国家又怎么样……”

“不抓紧培养人才的公司迟早倒闭！”

“那是的。”

这么着，我们大白天就打开波尔多举杯喝了起来。听起来或许像是自我辩解，不过毕竟不在工作范围了。可话又说回来，中原依然服用血栓溶解剂，我也是严禁喝酒之身。中间去了几次卫生间。我走在长长的走廊里心想：这房子里中原要一个人住下去啦！女儿出嫁、太太去世之后始终一个人。例如半夜起来解手的时候恐怕难免一时对屋子里的情形觉得陌生，感慨谁都不在了，一种孤独感在心里漾开，犹如一滴蓝墨水滴在水面。

折回房间，中原以怅惘的眼神注视暮色上来的庭院。

“醉得好厉害啊！”我以准备告辞的语气说。

“我对女儿说了，希望她领孩子回来住。”中原拾起话头。

“家住哪里？”

“市内。”他略一停顿，“那家伙也好像有自己的打算。”

这里太静了，我半是出于护理员角度想道。尤其对中原这样懒得动的老人，适度的吵闹是必要的。另一方面，我又想了一下失去伴侣的中原女儿，她恐怕也同样觉得这个家没有自己的位置。

“人生这东西，本质上大概有捉弄人的地方啊！”中原拉长声调说道,“忙、竞争,慌慌张张活着,稀里糊涂死去,了结此生。到底为了什么干什么呢?”

战争终于开始了。除了当事人,无论谁看都是愚蠢透顶的战争。联合国也好世界各地掀起的反战运动也好都未能制止战争。我国的首相活像白给的赠品出现在电视上。我想,对这小子来说,向海外派遣自卫队,恐怕只有修改交通法规那样的分量。

报道开战消息的报纸不显眼的位置上出现一条网上自杀的消息。在因特网留言板上征募一起自杀对象的男子和应征的两个女子用蜂窝煤一氧化碳中毒死了,事情发生在今年二月。那以后同样的集体自杀连锁反应一般在各地出现了。他们的死显得毫不勉强。轻松得就像剪头发一样兴之所至地征集同伴一同死了。自己心里所以没有波动,恐怕是因为无论对任何人如今都只能这样活着——既然生下来了,姑且活到死吧。如此想来,我们到底明知自己早已死去,也可能并不知道,或者知道而佯作不知……便是这样活着。

我想起因过劳死而去世的中原的女婿。说不定他也是没有活着这一实感的,以致没有注意到自己身体的极限,一直奔跑到死的突然来临。一如我不干到腰骨完蛋不罢休,他或许也是不把生命烧成灰不停脚的。要经过多长时间才能把充满自己心中的感觉完全淘空呢?沾上身来的仅仅是消费感觉,而对于驱使自己消费的欲望是否真正属于自己并不清楚。如此迂回不止的一生到底是谁的一生呢?何人在活何人的人生呢?

此时此刻也在沙漠作战的士兵们如何呢？在战斗中或杀人或被杀的士兵果真是他自身吗？为自由和解放而战的美国兵也好口喊圣战的伊拉克兵也好，作为个人心情肯定厌恶战争。尽管如此，还是无法从保家卫国这一人类历史上漫长的迷宫中挣脱出来，互相为敌互相残杀。

为国家而死的家伙是英雄吗？为真主而死的家伙是英雄吗？God bless America① 的神和 Inshallah② 的神哪个伟大呢？阿拉伯世界的英雄在非阿拉伯世界也是英雄吗？不就是敌我在虚伪的世界里争战、在虚伪的世界里死去吗？假如我们活的是死去的生，他们则死的是虚伪的死。蒙在鼓里死去。我们的可悲和他们的可怜，恰如地球的表与里相辅相成。

感觉如何？近来我总是觉得只看自己脚下走路。大概是你们的关系。用飞机漂亮地撞进大楼的你们或许改变了蓝天的含义。从那天开始，每次我仰望万里无云的蓝天都不再开心，可能永远都不会开心了。感觉如何？就这样稀里糊涂地死去的感觉？一切都蒙在鼓里。确确实实有人以你们的死为营养而肥了自己，而你们却不知那人是谁，就那么作为天真、单纯的殉教者死去了——感觉如何？

不，那种事怎么都无所谓了。我所以蔑视你们，是因为你们活的是不知何人的生，而又以生之念头一死了之，因为你们对此浑然不觉。不觉是百分之百的犯罪。纵然真主饶恕你们，我也不饶恕……

---

① 意为“上帝保佑美国”。

② 意为“遵循神的旨意”。

而这么说的我又究竟是谁呢？你们是谁呢？曾经是谁呢？哪怕一次……嗯？姑且让我苟延残喘来继续蔑视你们。

至于该说活得急了还是死得急了，我不得而知。但归根结底，不知衰老的人生能行吗？虽然同样谈生论死，但人生是横亘在生死之间的缓慢的时间，它始终与老同在。去掉老而让生直接与死相连的人生不过是莽汉的人生，哪怕再用国旗、勋章、神灵和誓言加以粉饰。

较之恐怖分子们、较之为自由和解放而战斗的士兵们，我觉得带着太太自行死去的桥本更了不起。直到最后一瞬间他都是他、都只能是他。他的绝望分明温暖了他的体温。所以，那也是希望。桥本同年轻士兵们、同恐怖分子们的差异是什么呢？差异或许数不胜数，如果列举一个，我想就是“老”。长达八十二年的桥本生涯终究在他身上留下了什么。

死和活着无关，其间有本质性阻隔和跨越。所以死很容易成为观念游戏。自杀式恐怖袭击也罢网上自杀也罢都是同一回事。人任凭怎样都能死掉。相比之下，“老”是作为肉体上的事实加以体验的现实，哪里都无处可逃。惟其如此，能否钻过这一现实才事关重大。

例如人生有很多东西事后回头才能理解，而身处漩涡之时无论如何都理解不到位。将自己活过的事项作为过去来回顾和反刍恐怕还是必要的。只有这样才能明白自己活过的内容，仅有一次的人生——包括懊悔、无奈和绝望在内——才能一点点为自己所有。

相反没有体验“老”的人生很可能在尚未悟出自己生之意义的时候死去，而这未尝不是可怕的事情。

因此，不死而活着，其本身我想就是有价值的，在别人服侍之下长生长寿也自有其意义。当然，下星期可能考虑其他事，这星期姑且这样吧。

我送给中原一个“摇晃机”。“摇晃机”是让双脚左右摇晃的电动器械——以仰卧姿势把脚放上去摇晃。样品说明书上写道“使用本器械十五分钟的运动量相当于步行一万步”。我看了，觉得正适合他用。当然我是说如果他肯用的话。

“好像空腹时最好。”我看完说明书说，“还说运动后喝一杯凉开水更有效果。这样，血液就会流通全身，血栓什么的一扫而光。”

“听说护理员工作辞掉了？”中原坐在檐廊的藤椅上问道，看样子对我的话没多大兴致。

“嗯，算是吧。”

“我看蛮适合的。”

“也是因为腰不好。”

我把“摇晃机”安在檐廊一角。

“辞掉了下一步怎么办？”

“打算先去美国看看，纽约有朋友。”

“多长时间？”

“这——，半年或一年……还没有明确计划。”

“出发时间？”

“三月末。”

“够急的。”

“我这人想到了就马上动，趁心情没变。回来了我来玩，好好活到那时候！”

“那时候已经没命了。”

“又来了！要积极活下去！前列腺癌这东西，据说解剖因其他病去世的老年人时发现的比率相当高。就是说癌固然是坏东西，但因它致死之前人就往往由于别的原因死了。”

“这和积极活下去可有什么关系？”

“觉得有才提起来的，不过又好像关系不大。可以了，请忘掉好了！”

我打开自己带来的葡萄酒，以往的波尔多红葡萄酒。通勤的家政女工不在，家里边静悄悄的。我把酒杯摆在檐廊上，满满斟上，轻轻端起干了。中原只象征性碰了下嘴唇，而后把酒杯放在膝头，隔窗久久打量庭院。庭院相当大，有锦鲤游动的水池，有水流潺潺的假山，里边还为了掩蔽邻家栽了一道竹篱笆什么的。我几乎不知道花木名称，说“那是梅花树吧？”中原讶然应道“是八重樱”。

“今天院里来了很多绣眼鸟。”

“哦，在这市中心！”

“时不时地哭。”

“绣眼鸟？”

“我女儿。”

一星期好像来几次。每次来都收拾家政女工很难注意到的细小角落，中原心里大为感激。一次觉得里面的房间静得出奇，走去一看，但见女儿歪坐在榻榻米上发呆。刚要打招呼，发现女儿肩头发抖。

“看样子刚强，可毕竟是女人。”

“那和男女怕没什么关系吧？”

中原告诉我，从这个三月开始女儿去中原的妹妹、从女儿角度来说就是姑母的餐馆帮忙。一家很有年头的老字号，说出的名称的确有所耳闻。

“人的名字是很残酷的东西。”中原边说边摆弄葡萄酒瓶塞，“无论叫什么名字，其本人的人生都要一步步背叛名字。”

“您这是指什么？”

“多惠……很多恩惠的意思。”中原转而忽然想起似的说：“那么说，我还没问你的名字呢。”

“父母给取了‘荣一’这个名字，是第一繁荣的意思吧！不过也许父母要求太高以致适得其反，我这个当事者压根儿没有繁荣迹象，这才叫彻底背叛名字的人生。朋友们都叫我 JUSCO。”

“有什么说道吧？”

“因为在那家超市里干活来着。”

“原来是在 JUSCO 啊！”

“请别说得那么动情。”

消防车拉响警笛疾驰而过。我倾听那声音远去。响过一阵子，陡然安静下来。离这里不远的地方发生火灾，消防队员们正拼命救火——很难认为是同一世界发生的事情。那里是那里，这里是这里，有一种隔世之感。

“天变长了！”我试着说。

中原含含糊糊应了一句，再也不出声了。葡萄酒差不多空了一半，两人都晓得最好别再喝了。差不多到告辞的时候了。

“您女儿帮忙的餐馆，如果可以，把电话号码告诉我好吗？”

“贵着哩！”中原边说边往便笺上写电话号码。

“不要紧的。再说又不是我去。”

我想款待一下二老，也算是我为父亲退休表示一点心意。去美国之前预约座位，钱也先付掉。两人吃饭之时，我飞在高空——我自己都觉得主意很妙。

“交代老板娘好好招待。”

“拜托！”

房子里依然那么静。火大概扑灭了吧。刚才错看成梅花的八重樱阴影浓了起来。我们长时间隔窗望着剩有淡淡天光的庭院。

胜过千言万语···

穿过隧道，眼前视野开阔起来。徐缓而下的坡路两边是覆盖着灌木丛的荒地，以褐色为基调的地表开始有嫩芽吐出。多惠还很难切实感受出三月这个季节，似乎心仍留在初秋，唯独身体被带到了春天的门口。她已记不大清楚秋天是怎样变深冬天是如何到来的，记不得理应度过的季节了。寒冷和温暖也没感觉到。看来这半年是在未觉察季节更迭当中送走的。

再次上爬的路在长满树木的山腰那里消失了。车刚刚又一次驶入长长的隧道，加奈子便在后排座突然一声怪叫：

“啊，看见了！”

“看见什么了？”多惠用后视镜细看女儿的神情。

“在那儿，在隧道边上……糟糕，看见了！”

“谁在那儿？”

“魂灵、死人的……”

“算了吧！”助手席上的拓也不悦地插嘴。

“可人家看见了么！”

“不就是有人站着吗？”

“不，那是魂灵，感觉出来了，忽一下子。活人不是那样的感觉。”

“傻话！”

“哥你不知道？”加奈子从驾驶座和助手席之间探出上身反唇相讥，“这一带是在长崎遭遇原子弹的人逃出的地方。路上很多人死了，没能成佛的人的魂灵现在还游来荡去。所以，身体不舒服或心慌意乱的时候通过这里，有时就会魂灵附体。”

“一派胡言！”

“是真的呀，妈妈！”加奈子转向多惠，“长崎机动车道常有事故就是因为这个。打瞌睡开车和精神溜号开车的多数人也可能是被魂灵干扰的。妈你也得当心才行。”

脚踩油门手握方向盘时间里，感觉上好像被吸往别的什么世界。不安的前方横陈着风平浪静的安谧。有时很想投身其中，投身到什么也不用想不用感觉的世界。只要他回头招手，她就很可能那样做。但是，现在有孩子在身边。

“妈妈，热，开空调！”加奈子说。

多惠一边转动空调钮，一边看了看在邻座赌气装睡的高中生长子。嘴唇微微张开。也许同妹妹争吵的火气未消，眉头紧锁着，一副不服输的样子。橙黄色灯光照出的侧脸很像去世的丈夫，像得令人吃惊。

“想提早吃糕点啊！”加奈子再次开口，“妈妈，长崎县咖啡馆少的吧？”

“估计不多。”

“我猜想长崎人基本上是不喝咖啡的，用吃杂烩饭代替喝咖啡。”

这条路不知跑过多少次了，但每次都觉得是第一次，甚至行驶方向对不对都弄不清楚，只是按照电子导航系统的指示音驱车行驶罢了。不过车到底多起来了，估计市区已近。想到市区的塞车，多惠又有点消沉起来。

“还要多久？”

“十五分钟左右吧。”多惠看着导航显示屏上的时钟说。

豁然开朗的山坡上排列着许多墓碑。三人缄口不语，沿陡坡爬去。天气好，没爬多久毛衣下就微微沁出汗来。停止脚步调整呼吸，抬脸一看，眼前已是深深嵌入的海湾。对岸一艘豪华客轮由于建造当中发生火灾，曾有进水的危险，看样子修复得差不多了，但雪白的船体点点处处烟熏火燎的部分至今仍保留失火的记忆。

来到墓前，多惠接过拓也提来的水桶，把长柄勺里的水怜爱地洒在墓碑上。加奈子在旁边把墓前供的花分成两份，熟练的手势分明渗出念初中时失去父亲的境遇。只有拓也百无聊赖地在离开些的地方站着。多惠想，他或许还难以接受父亲的死，肯定没能像妹妹那样同自己的境遇达成妥协。

“爸爸不会不寂寞的吧？”插完花的加奈子说。

“墓离得近些就好了。”多惠附和道。

“不过，远也没什么不好，”加奈子把话转去另一方面，“可以成为好久没来的理由。爸爸，对不起。”

“拓也也过来参拜。”

在母亲催促下，儿子在墓前立定合掌。多惠望着略略低头合目的儿子的背影，猜想儿子祈祷的是什么呢？丈夫雄一去世时儿子正外出修学旅行。不难推测，父亲死时不在身边这点给儿子心里留下了很深的创伤，半年过去的现在恐怕也未能恢复过来，说不定他是出于对母亲关心而有意避免面对自身的创伤。

把水桶和长柄勺还给管理事务所，等待孩子们上厕所时间里，多惠想起一件事来。

“你们先去吃蛋糕可好？”

“妈妈你呢？”加奈子担心地问。

“顺便去个地方。”

沿着密密实实的石板路下往停车场方向的途中有个不大的旧教堂，每次从那破旧的门前通过时，她都想迟早得进去一次。

“也好，加奈子，我们先去吧。”反应快的拓也善解人意地说，“吃蛋糕去！”

“好啊好啊，”加奈子以欢快的声调说，“扫墓累得血糖下降了，猛劲儿吃上三四个！”

“去十五分钟回来。”

这地方教堂很多。墓地也有刻着十字架的墓碑闪入眼帘。多惠从小就喜欢教堂。置身于隐约的光照和安谧的气氛中，心情会奇异地沉静下来。即使听不懂深奥的教义，也还是会产生一种自己被某种巨大的力量保护着的安全感。

礼拜堂的门开着。柔和的光从天花板近旁排列的彩色玻璃窗射进来。祭坛上安置的玛利亚像前点着许多蜡烛。她无法跪下来划十字，觉得那种戏剧性动作反而有损虔诚的心情。她轻轻合掌，久久低头不动。而后抬起脸，蓦然侧向一边时，从后头的小窗口看见了荒芜的小院。大楠树下，缠着常春藤的玛利亚像仿佛被遗弃似的立在那里。忽然，她涌起一股强烈的冲动，很想触摸那座像。

走到外面，绕礼拜堂建筑物走了一圈。尽管是民居院落那么小的空间，但立着玛利亚像那里围拢的几株高大的树木还是给人以蓊郁的纵深感。白色的雕像由于雨淋和蒙尘已经发黑了。约略低头的圣母显得有些悲戚。多惠慢慢走近雕像，试着把手贴在凉瓦瓦的雕像衣衫上，闭起眼睛一动不动。

她想起在教堂举行的婚礼。在澳大利亚西部一个不大的海滨城市，她穿上简洁的白色婚纱成了新娘。差不多二十年前的事了。还记得同父亲手挽手走过的狭窄的通道。圣歌队三个女性唱起了赞美歌，旋律她也记得。大大小小的回忆活生生苏醒过来。面对牧师说出的誓词，她以日语低声应答“我宣誓”。新郎刚要接吻，窗口吹进的风撩动面纱。等风过去后，他悄悄掀起面纱，轻轻吻了一下。走到外面，附近的人们撒米祝福。南半球的八月尽管是冬季，但一泻而下的阳光是那样甘美，流光溢彩。

恍惚间她忘却了自己是在普通人世普通地活着。人们不知不觉做的每一件事都伴随摸索过程的困难。她觉得站在这荒芜小院的玛利亚像会吸纳这种动摇和不安，一股被巨物拥抱的安全感涌上心头。僵硬的感情一点点化解，沙沙摇颤的树叶声使得她绷得紧紧的体芯松缓开来。多惠这时才觉得“啊春天来了！”

那时她光是哭。要做的事很多很多。实际上一些事务性手续即使在悲痛和迷惘当中也基本处理了。天天跟着律师和行政司理去政府和银行，归来后连站立的气力都没有了。

她坐在他去世留下的沙发上，怅怅地坐在傍晚，漫无边际地想起种种样样的事。葬礼上播放的福莱的《安魂曲》。米歇尔・科尔沃和伯尔尼交响乐团录制的 CD 是他生前喜欢听的。于是她请殡仪馆的人在上香和出殡时间播放，但事后 CD 不知去向，再没回到多惠手上。

同一疑问反复缠住她不放。临终那一瞬间思考什么来着？想说什么来着？明知现在后悔也无济于事，但她偏偏给这同一疑问缠得寸步难行。本来是可以做点什么的吧？如果处置得当，原本是可以得救的吧？

星期五晚上出差回来的雄一像往常那样在自己房间休息。星期六早晨说声“早安”走进客厅时也没什么反常。往下一个小时里所发生的现在都不觉得实有其事,没有自己在场的实感,唯独仿佛从远处观看哑剧般的破碎记忆残留下来。

边看报边喝茶的他突然捂住胸口痛苦起来;打电话叫救护车,一面让女儿加奈子做心脏按压一面模仿人家尝试进行人工呼吸;本来温暖的身体这时间也眼看着变冷。对时间的感觉已经没有了,等救护车到来的时间感觉上长得不得了。

一个救护队员以熟练的样子实施人工呼吸,其他队员组装担架——她觉得自己只是呆愣愣看着这一切。其实在应急处置时间里多惠接受了一连串事务性询问:姓名?年龄?她嘴上认真做了回答而在心里无声地叫道:还是先救我丈夫吧!先救他吧……

在车上她被告知心脏停止了跳动。救护队员的声音听起来像是广播里出来的。她感觉不到旁边有人说话。远近感觉已经失去。从那时她就已觉得所见、所闻、所触之物没有了现实感,自己被同眼前发生之事隔开。或许身体方面已自然采取防卫措施,避免直接接受现实。

例行处置结束之后,她也不断抚摸躺在集中治疗室床上的丈夫的脸,无法设想从这里离开。加奈子抽抽搭搭哭着说:

“妈妈,爸爸死了,爸爸已经死了!”

多惠仍记得自己平静地应道:

“谁?谁死了?”

不是想否定,仅仅是不明白,不明白雄一已经死去。死是怎么回事她明白，床上躺的是谁也明白，只是无论如何也无法把那个人和死连在一起。她不明白丈夫已经死去，只能以不明白这一形式来接受。假定存在可以顺利接受他的死的世界，那也不是她的世界。那个世界里没有她。对多惠来说，雄一之死只能是遥远的世界里发生的事。

另一方面，她也在思索如何把父亲的死告诉儿子这个现实问题。星期三早上父子一起离家，雄一开车把拓也送到火车站后转去公司，直接踏上最后一次出差之路。拓也乘新干线去信州一带修学旅行。今天是星期六，按原定日程，一无所知的拓也回来是明天傍晚。得跟那孩子联系了。在那之前去世的雄一该怎么办呢？

多惠向医院方面讲明原委，希望儿子回来前把雄一留在床上，医院回答那不可能，死者要迅速移出，并且要从不显眼的后门。结算须混在一般看病患者里边办理。她一边在窗口前等待叫名字一边心想这真是个不像话的地方，一切都是为活着的人安排的。至于死者及其家属的情况一概不予考虑。而自己——失去丈夫的自己和失去父亲的两个孩子又必须在这样的世上活下去。

多惠对由于丈夫去世而打交道的人世实在讨厌得不行。去银行被领去特殊房间，尽管自己并未提出，却要听人讲遗产分配的说明；去市政府，有关负责人开口就问“是离婚吗？”答说“死离”，对方快如反掌地换上同情语气，当即问“突然去世的么？”尽管如此，却麻木不仁地使用“母子家庭”这种说法，而且再三再四连珠炮似的说出口来，难怪体贴母亲跟来的拓也事后告诉她“真想抹杀那个说法”。她开始对无所谓的话语和微不足道的态度敏感起来。就连别人的善意也会轻易伤害她的心。她觉得自己已被剥光，成了毫不设防的存在。

每次大家鼓励她“坚持下去”，她都有走投无路之感。问题首先是，即使“坚持下去”，也不知如何坚持才好，本来自己是因为无法坚持才悲伤的。大凡可以踏脚可以扶手的牢固东西都已荡然无存。失去最宝贵的人肯定就是这样。

拓也那边，几乎所有碰上他的大人们都说：“你是长子，要坚持下去，一定要代替你父亲保护好母亲！”多惠忍不住了，一次在亲戚面前求他们别再对儿子说“坚持下去”。儿子已经坚持得很不错了，眼下再坚持也没用，毕竟才十六，本人还没长成呢。

也有人说“心情可以理解”。“你的心情可以理解”——想必是真的“理解”，那种傲慢、那种浅薄……

有一个同样失去伴侣的年纪大些的妇人，被这个流泪的妇人紧紧抱着的时候，多惠心想，和此人即使不交谈心情也能相通，但心的一半依然不为所动。真正的心情谁也不会理解，自己的悲痛谁也不会知晓，她觉得自己是作为另一个痛苦的雄一活着的。

守夜完了，挑选入棺衣服时，孩子们想给换穿便服。

“爸爸不是死于工作的嘛！”加奈子说。

虽然没有妹妹那么表现得明显，但拓也也好像同样对身穿工作时穿的西服入殓有所抵触。

“加奈子觉得什么时候的爸爸最潇洒呢？”多惠沉静地问。“妈妈么，还是觉得身穿西装精神抖擞地出门时的最潇洒。”

“冬天身穿黑色长风衣……”加奈子怀念地加上一句。

“那可是开司米的，贵着呢。那方面他倒是舍得花钱。”

“莫不是虚荣？”

“怕是。”

母女短促地笑了，破涕为笑。多惠回忆似的继续道：

“你爸爸喜欢工作，也有自豪感。所以，最后也还是作为业务员送他走吧！”

“公司的人也来了很多。”

“是啊，肯定很有人缘。”

“可是妈妈，不可惜的？”

“可惜什么？”

“开司米大衣。烧了怪可惜的。”

“那个我穿，”一直默默听母亲和妹妹说话的拓也生硬地开口了，“工作时穿，好好留着吧。”

最后决定把最中意的一套西装放了进去。衬衣和领带是加奈子选的。还有鞋、袜子、公文包、名片等等。

“这回可以了。”多惠在心里对棺木里的雄一说，“你也不愿意这样的吧？”

雄一刚去世，两个警察到家里来了。似乎是医院联系的。他们从多惠和加奈子口里听取情况，同时把记有出差安排的月历照了相。一个警察就“劳灾”[1]的认定向多惠做了简单介绍。死因是“心室纤维性颤动”，而且年龄才四十几岁，医院方面据此判断过劳死的可能性很大。

“您先生刚刚去世，这么说是不大合适，”老些的警察以设身处地的语气开口道，“如果申请，需要法医学方面的鉴定。就是说要解剖，这个又有时间期限。”

“解剖情况下，遗体会怎样呢？”

“坦率地说，返回的遗体就成木乃伊了，脖子往下全部缠着绷带——就请这样认为好了。而且，就算申请‘劳荧’，也未必很快得到认定。有时候甚至要好几年时间，既花精力又耗体力。若说我个人意见，还是不申请为好，除非您下很大的决心。”

“怎么办呢？”多惠问女儿。

“爸爸，可怜……”加奈子强忍呜咽回答。

“是啊。”

多惠打算以完整的身体送走。再说让应该下午回来的拓也面对全身缠着绷带的父亲也令人不忍。亲戚之中也有主张申请到底的，但多惠主意已定。去世的雄一也绝对不会喜欢那种做法。说到底，在警察来询问之前，她脑袋里根本没有“劳灾”这两个字眼。

但是，原为雄一直属部下的北尾有时直截了当地指责公司。从临终开始他就作为遗留家属和公司之间的联络员真心实意地帮忙照料，因而从他嘴里听得的单位实情更叫多惠难过。

---

① 全称为“劳动者灾害补偿”，日本有此项保险和法律。

"提前插进出勤卡佯装已经下班,在有的部门已成了理所当然的事。连这种姑息勾当都干得出来……不过听说这回可要真正调查了。"

"因我丈夫?"

"其实这一年时间里有人同课长一样死得很突然,而且不是一个。全是四五十岁年富力强的人。问题怕是出在公司的工作体制上——没有人不这么认为。"

经济长期不景气,家电业在效益下降中挣扎。一方面大刀阔斧裁减人员,一方面对营销人员课以严厉的指标。

"课长这样的中层管理职务,我想是最难熬的,"北尾以同情的语气说,"夹在公司和部下中间。尤其课长,因为部下完成不了的部分要自己包揽下来。我也承蒙帮了大忙。反正补偿金要多拿才行。佐伯,这件事由我做就是。他确确实实是为守护公司熬干心血的。"

作为北尾,这么说或许只是出于对雄一的同情和对公司有所不满,但经他如此一说,多惠心中复杂地动荡起来。丈夫的人生到底算是什么呢?为公司熬干心血、缩短生命的一生,结果留下了什么呢?你幸福吗?

"市场迅速萎缩,而竞争又成为世界性现象。"北尾似乎没注意到对方心情的动摇,"降低零售价,必须从一点点纯利润中榨取效益。营销人员自然要拼死拼活多卖。另一方面,无情的裁员大斧又在头上挥舞——我想那些家伙说不定是虐待狂。课长他没有就公司发过牢骚？”

“没有。相反，老是说感谢公司那样的话，说这么不景气还有工资拿有奖金拿，真是难得；还说能让孩子过上这样的生活也是因为公司，简直像口头禅似的……”

“到底人不一样啊！”

并无揶揄意味。

“是个乐天派。”多惠也附和道。

这几年也是行业迅速重组时期。听说雄一工作的公司也将同外国企业合作，但更详细的情况多惠不知道，雄一在家几乎不谈工作。她所知道的同一般人在报纸上知道的差不许多。

“开拓新市场啦走向海外啦，积极对策当然也是采取的，但最安全最稳妥并且最容易的方案是同外国资本合并，进行业务合作。因为这样可以消除组织上的富余人员、实现规模经济，因而削减经费。因此，每次提出合并和业务合作方案，大家都心惊胆战，担心下一个轮到自己。”

雄一莫非也是因担心裁员而战战兢兢地工作的不成？至少在家里看不出来。是因为他很有自信还是有意不让家人察觉呢？乐天的倒是自己啊，多惠后悔莫及地回想道。同时也好像在自以为很熟悉的对象身上隐约窥见到了自己所不知晓的谜团。

“像我这样的，每次公司的头目转来都恨不得钻到桌子底下去。”北尾用戏谑的语气——和所说内容相反——继续下文，“心想可别瞄上我，可别记住我的名字。因为给对方留下烙印，就意味作为下岗对象留下烙印。如果人事部长在厕所里琢磨让谁下岗的时候,脑海里忽然浮现出我的脸,势必心想对了有个叫北尾的家伙……”

话忽然中断。多惠仿佛被催促似的发出空洞的笑声。

“这还真不是说笑话。”北尾自行调整语气,以俨然集人世不幸于一身的神情继续道,“我到退休差不多还有三十年,倒是想免遭解雇地干下去,但估计不大可能——根本不存在能够活到三十年后的日本企业。”

葬礼告一段落后,多惠把雄一最后穿的半袖衫拿去洗衣店。直到最近还几乎天天跑来这里。拿来丈夫的衬衫和西裤,再把洗好的取回,这是她每天的节目。

拿得取衣票走出店门时,不由一阵怅然:再不会送他的东西了!蓦地,她觉得脚下出了个洞,自己好像被吸了进去。周围的景致和声响消失了,“孑然一身”这一静静的自觉涌满多惠的身心。她久久地动弹不得,不知道该走去哪里。好歹迈出步时,一种“真的不在了”的切实感受几乎把她推倒——仅仅因了手里这张小小的取衣票。

总是不断做同一个梦:一个男子走在一条小巷里,多惠以为是雄一,跟在后面。所以不能打招呼,较之担心认错人,更是因为男子背部有一种拒绝别人的意味。他总是挑又窄又细的小巷走。路有印象,但很难确定是哪里。家家户户的门前都摆着粗糙的瓷盆,盆里精心修剪的植物枝繁叶茂。前面的坡路理应通往小神社院里才是……如此反刍模糊记忆之间,男子离开通往神社的坡路,走进排列着大体相似的房子的住宅地段。

阳光从相互重合的房脊空隙射下,在地面构成细细长长的对比色。也许薄暮的关系,阴影不大鲜明。男子也不回头,只管约略低头行走。多惠猜想他大概一副心事重重的样子。实际看不到表情,但那仿佛苦苦思索一件事的沉重表情由肩到背显现出来。居然有给人以这般郁郁寡欢印象的人!怪异的感觉如暮色一样加深。于是最初的自信动摇起来,觉得也可能看错人了。

转过晾着忘收衣物的私家路的拐角,低矮的树墙前面出现一片海滩。冲上塑料容器和泡沫塑料残块的黑乎乎的海滩缓缓弯向河口。可是哪里也找不见他了,刚才追逐的仿佛是幻影。她无可奈何地四下打量。去哪里了呢?蓦然注视脚下,见沙子上落有钥匙和香烟。肯定是他的,他的确来了这里。但不见他的身影……啊,不见了!她格外自以为是地想道。这当儿,睁眼醒来。

总做同样的梦。

夜深时电话铃一响,就以为是他打来的。明知没有那个可能,但每次电话铃响起都心里一惊,心跳加速。她下意识地摆弄雄一的手机,心情随即奇异地沉静下来。一次打开电源时,显示屏一瞬间出现一个女子面孔,像等在那里似的。至于女子是谁,她没怎么介意,当然也没有追查的念头,猜想不过是女明星罢了。

然而那女子的面孔久久粘在多惠的脑海一隅不动。闭目要睡觉时也情不自禁地推出女子的面孔。觉得好像在哪里见过,却想不起来究竟在哪里。想必神经过敏的关系。没准是在电视上见到的。多惠把女子朦胧的面孔从脑袋里驱赶出去,开始考虑雄一。走得那么快那么急,连浮现痛苦表情的工夫都没有。感觉出痛苦了么?没有什么想留下的话么?最后瞬间想什么来着?想谁来着?

随即,就像拼图一下子拼好似的一问一答陡然接在一起。

"是她!"

多惠倏然想起参加葬礼的那个女子,一个素不相识的人。尽管这样,她还是留在了记忆里。这是因为,以参加葬礼的人看来,感觉明显不同。时而往多惠等家属这边瞪上一眼。与其说是悼念死者,莫如说是在发泄某种强烈的情结。随同一时的惊讶之感,女子从多惠的脑海里消失了。而现在重新出现。

"一定是她!"

感觉上似乎又反刍了一遍。在葬礼上释放异常气氛的她、在手机显示屏上埋伏照片的她……雄一临终所想的,没准是她!在周而复始的梦中沙滩上留下香烟和家里钥匙走去的地方,没准是她那里!

多惠再次查看丈夫的手机。收信和发信记录几乎都被消除。想消除什么呢?想掩盖什么呢?她在逐渐高涨的不安和焦躁之中不断操作丈夫留下的手机,同时试问自己到底在干什么。现在做这种事又能有什么用!又能赢得什么人的欢喜!她觉得自己仿佛听到有人喝令"住手"。多惠没有塞住耳朵,听之任之。

不知是忘记消除了，还是打算次日消除，去世前一天即星期五晚九点以后的记录仍留在那里。有个东西很奇妙，总好像是同人约定星期六一起吃午饭。继而有几个约定变更的 E-mail 进来。从字面上看，似乎对方是一个叫“松田”的单位同事，约定吃饭是出于工作需要。问题是作为有关工作的 E-mail，措词未免蹊跷。就算私人性约定，男人之间往来的 E-mail 也会使用图形不成？多惠猜想对方怕是女性。

线团从一个破绽——仅仅一个——开始解开。线似乎完整连成了一条。对多惠来说，那是不想看见也不想知道的事；与此同时，她又很想看见，很想知道，一种相互冲突的矛盾心情汹涌扑来。

她查看了“存储”里的电话号码。“松田”这个名字无论公司方面还是客户方面的都未输入。正要放弃努力的时候，另一组里出现了这一名字，有其手机号码。对打电话她有些犹豫。就算知晓对方的真相又能得到什么呢？追查得不好，很可能损坏关于他的记忆。可是又好像很难佯做不知地置之不理。

未必就是自己认为的那个人，多惠转念想道，说不定那人还不知道他已去世，而以为他把约定——连时间地点都已明确的吃饭约定忘去脑后。当然也并非真心这么认为，但由于抓住了这种可能性而得以在打电话和自己的心情之间找出折中点。

电话是女性接的。多惠告以自己的身份。尽管事先并未想好，但话一句接一句脱口而出：

“前不久丈夫去世了，想同关照过丈夫的人联系一下。因为手机留有您的电话号码……恕我冒昧，您同我丈夫是怎样的关系呢？”

对方沉默良久。

“喂喂？”

电话突然挂断。

雄一去世那个月的月底，他所用手机的公司和信用卡的公司寄来了明细一览表。多惠几乎没放在心里，更没想确认上面的内容。因此，无论以明信片寄来的还是装信封寄来的，她都没有打开，直接叠放在了客厅书架的角落里。

信用卡的明细账有许多费解之点。首先买了机票，宾馆的住宿费也付了，且是冲绳。还买了种种东西。看工资明细表，多惠怀疑起了自己的眼睛：作为接连出差、连周六周日都急匆匆飞来飞去的他，上个月竟请了三天带薪假！她向公司讲了情况请对方核实。结果到底请了带薪假，一清二楚。她又给冲绳的宾馆打电话，对方说事关客人隐私，无可奉告。

无需听取宾馆方面的证词，支离破碎的事项开始在多惠心中连成一线，不容有任何误解混入其间。丈夫请了带薪假，同名叫“松田”的女子去冲绳旅游，对家人伪装成出差。大概给对方买了很多东西，衣服、饰物、小东西……

如此说来，又一个小谎言浮上心头。因有“劳灾”嫌疑，公司的上司也受到了警察的盘问。正式调查开始之前，警察出现在守夜现场，是来家里两个人中年长些的。他一面看手册一边问了雄一上司几个简单问题。多惠也在场。

“会不会是过劳死呢？”警察仍以聊天语气问道，“去世前一天还去大阪出差了吧？”

听得询问，上司向身边的北尾确认：

“佐伯君去大阪出差来着？”

北尾的反应现在想来也莫名其妙。“去没去呢？”听语气似乎记不确切了，脸上显得有点困惑。

一个疑念倏然掠过多惠的脑际。但由于守夜忙乱，疑念很快被冲跑了，而在多惠的脑际之外漂来漂去，现在又带着近乎确信的回答返了回来：终究没有去。

雄一开过的车上有高速公路过路费的收据。他说星期四工作结束后，傍晚从鹿儿岛飞往大阪。说到底，既然打算乘飞机赶去大阪，那么把车开去鹿儿岛就不正常。把收据拼接起来一看，不出所料，从鹿儿岛折回大分，继而日田，大概同“松田”这个女性在那里会合后住了一晚。

当即给北尾打电话：

“没有去大阪的？”

只此一句对方就明白了。或许从多惠语气中感觉出了不同寻常的东西，北尾老老实实交代“没去。”

“对不起……”

她再不想问什么，径自挂断电话。眼泪涌了出来。不知道信什么好,无论信什么都这样遭遇背叛。她觉得这个世界是以自己不知晓的谎言堆砌起来的,没有任何真实可言。

几天后,再次打了那个女子的手机。这次毫不含糊地劈头问道:

“和我丈夫是什么关系?”

对方大约预料到了多惠还会打电话来。

“相处了,”女子不卑不亢地回答,“预定结婚来着。”

多惠顿时瞠目结舌。

“可他有妻室的呀!”

“不知道的,”对方以怄气似的生硬语调说,“他说已经分手了。”

“你相信了?”

“相信了。”

“可你参加葬礼了吧?”

“觉得受骗了。看见你和孩子……心想只要没有这三个人,我本可以同他结婚的,两个人住进你们住的公寓……”

“别说了!”多惠打断对方的话,“那是不可能的,实际上不也没能吗?”

“假如他活着的话……”

“丈夫去世了。”间断片刻。之后听筒传来女子啜泣的声音。奇怪的是,那声音使得多惠亢奋的心情沉静下来。啊,这个人也在伤心,和自己一样为他的死而伤心。

“喂喂？”

“对不起，”对方带有哭腔，“在他去世之前真不知道他有太太，因为他说很早以前就分手了，和孩子也见不上面。”

果真如此，那么雄一为什么说谎呢？难道宁愿说谎也要同此人交往？据说半年前才相识的。她一方面同情这个女子，而另一方面心底再次涌起对雄一的不信任感。

“结婚了？”

对方讷讷讲了起来，没有故意掩饰的感觉，语气莫如说像是在让人听自己的身世。二十二岁结婚，二十三岁离婚，原因是丈夫有外遇。今年三十八，比多惠小三岁。

“你先生有外遇时很难受的吧？”多惠尽量不以责问的口气说，“你对我也做了同样的事，这点记住好了。”

“对不起，”对方顺从地接受下来，“若是知道他有妻室……”

“已经可以了，事情过去了。”多惠斩钉截铁地说。

她为自己说话如此冷静感到不解，本想抱怨一通、责备一通来着……却未能那样。

“请忘记我吧！”

多惠心想那恐怕很难，但没有出口，反而这样说道：

“也希望你幸福。”

“谢谢。”

放下电话她想，说希望别人幸福真是容易，相比之下，说希望自己幸福何等困难啊！“幸福”一词唤起的东西已形影皆无，似乎只剩下话语的空壳滚来滚去。不知该以什么为抓手向那里靠近，多惠一筹莫展。

的的确确是活着，肉体也好，精神也好。可是她的自我死了，时间流逝的感觉失去了。她只是在支离破碎的时间里得过且过。感觉上好像自己去了某个遥远的地方，又好像哪里也没去。吃东西也像在咬干巴巴的纸片，索然无味。她一个劲儿嚼冰。口渴，口腔总觉得热辣辣的。只有嚼碎时的冰块的冰冷可以把握到。

她很想做点什么，而心情却不在那里。送孩子们上学后，她站在祭坛前、他的遗骨前哭泣。任凭多少都哭得出，哭似乎成了自己存活的证据。由于哭、由于悲伤他的不在和不忠而好歹得以停留在这里，可是他已经不在自己如此停留的地方。

"为什么做那种事？"多惠向照片发问，"为什么背叛我？人家那么悲痛，比谁都悲痛……"

遗像里的雄一只是微笑。

"有什么好笑的？"多惠以空落落的心情挖苦道，"嘿嘿傻笑，傻瓜！"

憎恶也好抱怨也好都毫无反应。他已经死了，没有发泄的对象，再责备也没用。无人可以诉说，无人可以商量，一切都必须自己处理，这点最难以忍受。

多惠在两种心情之间彷徨，不知道自己真实的心情在哪里。心情好的时候，她为自己什么也没有为他做感到歉疚，本该再对他温柔些才是，心里不由充满甜津津的懊悔。而当心情相反转去负面的时候，便只有憎恨之情袭来。一种蛮横的、不应有的念头折磨着自己。针对他和针对她的抵触情绪同自伤的冲动难解难分地涌上心头，类似一种焦躁而抑郁的状态。多惠在二者夹击下变得心力交瘁。

精神疲劳达到极限后，她甚至惬意地产生一种万念俱灰的无奈，觉得所有人都背叛了自己，而那甚至是唯一能让不安稳的心情平复下来的场所。较之责备已然死去的他，较之责备活着的她，好像更为对于自己本身的强烈的厌恶所击溃。不知有多少次被拉回同一场所，寸步难行。

为什么、为什么……由于心总是在这同一疑问的周围转动不止，身体也不知不觉地重复同样的动作：擦他的皮鞋，刷他最后穿的西装。西装丝丝留有他的气味。她把脸伏在那气味上迷迷糊糊打盹，又清醒过来，如此翻来覆去。打盹时梦见他，醒来后暗暗落泪。

不觉之间开始闭门不出了。走到外面，附近人们问这问那。重新用话语回溯丈夫之死是痛苦的事。有的邻人的问话甚至好奇心多于同情心，以致她很难走出家门了。

火葬场职员用筷子弄碎罐底遗骨的声音仍留在她的耳底。当时多惠心想：他被弄碎了！这算什么事呢？丈夫难道犯了必须遭受如此报复的重罪不成，还是说死本身就是罪过？多惠为去世的他感到十分不忍。所以想至少在他变成骨屑的现在尽情拥抱一番，不让他七零八落地离开自己。

可是，说不定通过那样拥抱丈夫遗骨果真免使自己的心失去中心而四分五裂。

“还热着呢！”她把罐抱在膝头，以哭累了的神情对两个孩子说，“你们父亲的遗骨会永远都是热的。”

兄妹开始放心不下不肯从祭坛前离开的母亲。多惠控制不住充满悲痛的心，不由得说出要死要活的话来。

“妈妈也想去爸爸那里！”

“快别那样说，”加奈子哀求道，“妈妈不在了，可就剩我们两个了，一个人也没有了，您不要去，别说想死！”

问题是，活着的爸爸已经被陌生女人抢走了。妈妈只有去爸爸那里才能重新夺回……她在心里激动地说着如此不成理由的理由。

几天后，拓也提出不念高中了，说要休学干活去，自己干活，母亲就不用干了。倒是长子特有的道理。

“一直待在家里好了，那样也好守在我爸爸旁边，对吧？就这样好了！”

不能让孩子说这样的话，终于醒过神来的多惠想道。自己停留在这里不动，孩子们也无法前进。回到工作中去！如此拿定主意，是在即将迎来四十九日的时候。

重新回到作为营养师工作的医院，同事们都异口同声地安慰说“够您受的啊”。同时也有风凉话传进耳朵：还真有心思上班！还能在患者面前做出笑脸！能进来多少钱呢！其中甚至有人说出未尝不可以理解为贪钱那样的话来。这使多惠心灰意冷。

“信得过的只有家人。”她跟两个孩子说，“往后要谁也不靠地活下去！”

即使要强地让自己振作起来，那也不过是虚张声势罢了，这点多惠本身再清楚不过。何苦非这样做不可呢？勉强活下去又有什么意义呢？一天之内有好几次懒得继续留在这个世界上，恨不得同他的青烟一起消失——她反反复复为这种消极愿望左右摇摆。当时真想同他合为一体升向遥远的天空……

这种心里开了空洞般的感触日甚一日地抓紧多惠不放。医院也好同事也好做的事也好都毫无变化。朝去暮来，一如往日。然而唯独他没有了。好比地基和立柱俱已失去，只顶着房盖姑且度日。日子淡淡过去，而她总有一种辗转反侧的焦躁感。

驾轻就熟的工作也成了只能称为痛苦的东西。医院饮食疗法是建立在改善患者不当饮食生活和饮食习惯这一方针之上的。自己长年累月形成的生活习惯被人纠正，且是构成生活主干部分的饮食由他人决定，不满和反感情绪难免增多。费尽心思想出的食谱招来的也基本全是抱怨，几乎没有感谢话返回。

以糖尿病为例，如果主治医生指示每日热量为一千六百大卡，那么就要换算成二十这一指示单位，分配到六组食品之中，再分为三餐设计食谱。若仅仅为控制血糖限制热量倒还好办，但若加进糖尿病性肾病，那么就有必要限制蛋白质，并进一步限制盐分和水分。这样一来，多数患者就喊冤叫屈，高龄患者当中竟至有人哭着诉苦。考虑食谱的多惠有时甚至陷入虐待他们的错觉。

每次走近工作单位，多惠都产生一种压迫感和窒息感，就好像胃顶到嗓子眼。光是在脑海里推出“医院”这一字眼，身体都发生抗拒反应。而她所以紧紧扑在工作上面，是因为有一种危机感，担心什么也不做会使自己一蹶不振。

十一月末的星期日，多惠领加奈子去郊外一家刚开业的购物中心。雄一去世后，她开始开原先他用的车。女子的事澄清之后，她到底考虑过处理掉，可是没下定决心，就开了下来。

甚为宽敞的商场内到处是人，货架前也好通道也好滚梯也好全都人挤人，真不晓得哪里来这么多人。中央大厅举办漫画人物展，小孩子及其父母黑压压一大片，剧情大约是讲一个同坏蛋狗腿子打仗的好汉。自己一家也曾有这种时候来着，多惠以恍若隔世的心情想道。

两人边走边看并无购买打算的衣服。无论看哪件都难以想象穿在身上的自己会是什么样子。穿上新衣服又能有什么变化呢——独有这种空虚感从看似温暖的衣料里面朝自己涌来。去书屋有意无意翻看书页时，发现一句话：“下了好多雨。”于是她觉得好像出自雄一之口。是啊，是下了好多雨，多惠在心里应道。但死者毕竟是死者。

等待说去看 CD 的加奈子的时间里，多惠决定在咖啡屋休息一会儿。背对着漫画人物展哗众取宠的效果音响和阴阳怪气的台词，她再次思忖夫妇到底算什么呢？朝夕相伴将近二十年，结果可以相信的一样也没有。本应信赖的对象背叛了自己。那段岁月算是什么呢？也许他瞒得巧妙，可自己也够粗心的了，竟毫无觉察。不，惟其长期朝夕相伴才可能蒙在鼓里。

雄一是以怎样的心情同其他女子交往的呢？莫非真喜欢那个人不成？雄一和她相会的时候，自己在他心目中处于怎样的位置呢？他心里会没有斗争？他为人认真，肯定相当苦恼、劳心费神来着。如果早些察觉，情况会如何呢？夫妇也许因此闹得不可开交，但在一切真相大白这个意义上，对多惠和那个女子都无法告以实情的雄一本身说不定多少得到解脱，不至于死去都有可能……如此一想，甚至觉得是自己把他逼入死地的。

买完东西，打开后备箱往里装变多的东西的加奈子发出刺耳的叫声：

“什么呀这……”

“怎么了？”

加奈子往后备箱里呆呆看着。里面放进了崭新的衣服、鞋、替换衣服和洗漱用具等物品。多惠险些瘫倒下去。不知情由的加奈子把尚未开封的半袖运动衫拿在手里。

“怕是打高尔夫球时领的赠品吧？”多惠只好佯作不知地应付一句。

“爸爸出差竟然带着洗发剂什么的！”

她想起女子说的话，果然不错。“领我去了好多地方，”女子说，“过夜旅行也领我去了。”所以才在后备箱里经常备有替换衣服和洗漱用具。女子还说两人已是互赠礼品的关系。那礼品从未穿过，他死后也继续在后备箱里长眠。想必作为有妻室的雄一，毕竟不好把那女子给他的衣服和鞋穿在身上。

这种事情要持续到什么时候呢？多惠想，什么都让她心烦，让她心灰意冷，现在都还觉得自己难以重新振作起来。东西一旦损毁就只能永远处于损毁状态，恐怕只能怀抱被损毁的自己和被损毁的记忆活到死。

她感到心田已彻底干涸，泪都流不出来了。近来想到雄一也出不来眼泪了。想必感情已经枯竭。围绕他的喜悦也罢悲伤也罢痛楚也罢，都在不觉之间成为过去。如此这般，自己将去哪里呢？想去哪里呢？又能从这里去哪里呢？

秀子姨妈在雄一刚去世时就挂念多惠，到家里来了好多次，一再劝她重新工作的也是秀子。

“你呀，简直成另一个人了！”一次秀子看着外甥女的脸说，“不能总闷在这种地方，要考虑走出去做事，总之要先走出去才行！”

圣诞节的彩灯满城满街的时候，姨妈把多惠领去系岛的农家作客。秀子说有几户农家同自己的餐馆来往密切，餐馆每天早上都请那些农家送来新鲜蔬菜，一个月也有几次自己开车出去，每次都招呼闭门不出的外甥女出去多少散散心。

一个令人心旷神怡的星期六清晨。路两旁铺展的菜田里,甘蓝、花椰菜、茼蒿、大葱长得那么茂盛。初升的太阳照射下来,把夜间降下的白露催化成白蒙蒙的雾气还回天空。远处的山脊在朝晖下闪着红彤彤的光。

"最要紧的是物色好原料。"秀子边开车边说,"人所能做的,仅仅是将原料原来的味道引发出来,调味也好摆拼也好都不过是手段罢了。"

多惠无法忘记在和姨妈转的农家里把清晨刚刚采下的菠菜生含在嘴里的激动。处于低温之下,植物天生有一种增加糖分来保护自己系统的本事。为了耐寒,还会把维生素等营养成分储存起来,所以冬天里绿叶蔬菜变得好吃……这个程度的知识多惠也晓得,但在秀子实际把肉厚的菜叶半是强行地塞进自己嘴里咀嚼的时候,还是激动得差一点流泪。没想到生菠菜竟这样甘甜这样美味。不是言过其实,一片菠菜叶确实具有令人重新探寻生之本源的力量。

"现在正是味道最浓甜度最强的时候。"秀子自己也嚼着菠菜叶说,"但随着太阳升高,味道就没那么浓了,采下几小时过后,味道整个变了。说实话,真想把客人领来这里品尝。"

多惠看着田里绿叶繁茂的蔬菜心想:肯定其本质是超过人的力量的。人所能够包揽的只是极小一部分。她觉得自己在已走过的漫长的人生途中全然忘记了这种谦恭。

"不在我的餐馆里干?"回来车中秀子说,"我上年纪了,想找一个可以信赖的同伴。你有营养师资格，厨房方面也可以帮忙。”

“不成的，”多惠马上回答，“不知食物什么味，甜啦辣啦……什么也感觉不出，自他去世以后。”

“菠菜好吃的吧？”

“嗯，不可思议。”

“没有什么不可思议的，因为食物那东西本来就是那个样子。”

“什么样子？”

“有一种力量能直接诉诸人身上求生那一部分。你能够好好感觉出来，说明你没问题。”停顿一下后姨妈继续说，“就算为了自我康复来试试如何？伏在桌子上鼓捣计算器计算营养指数，我想你也没多大收获。现在有可能是往前迈步的机会，嗯？”

上午大体做完家务，为孩子们做好晚饭准备后离开家门——近几个月来多惠天天如此。秀子当女老板的日式餐馆建在千代背对御笠川的地方。由于地势低，每次下大雨河水上涨都有浸水危险。从昭和[①]初期经营到现在的老字号，当第一任老板的丈夫去世后，由秀子作为女老板同丈夫那个时候留下来的厨师坚守下来。

到餐馆时，正好有船家送鱼来。下田厨师在厨房里把从泡沫塑料箱取出的鱼用水洗了，刮鳞，除鳃，做好烹调准备。接手经营之后，秀子也一直从原先打交道的船家那里进鱼。小户船家，进货不稳定，当天进的鱼必须设法做成菜肴。看样子下田在进货时间就在脑袋里琢磨食谱。

---

① 昭和时期为 1926—1988。翌年改号平成至今。

“今天有漂亮的青箭鱼进来，”年近六十的下田即使对新来的多惠说话语气也很客气，“已经春天了，生鱼片倒也可以，不过还是蘸酱油和料酒烤了，剩下的做大酱汤可好？”

肯送货上门的船家任凭多少都有，所以始终守着小船家自然有其理由。

“杀鱼的方式不一样的。”下田说，“杀得不好，鱼送来的时候软塌塌的。这户船家的鱼，总像刚打捞时那样硬生生的对吧？所以即使放在火上加盐烧烤，鱼各所不同的风味也能完好地出来。”

不是根据食谱进料，而是据来料考虑食谱。而且把一种鱼做成生切、碗蒸、火烤、炖煮等种种菜式端给客人。想法同医院食堂的完全相反。

“蜂斗叶当芽伸到这个程度的时候最好吃。”秀子在厨房一边不胜珍惜地欣赏当天早上购进的蔬菜一边说，“伸过头了就变硬了，味道也变淡。喏，怎么样，这清香？”

多惠把秀子递来的蜂斗叶轻轻拿到鼻端，一股略带苦味的清香扑鼻而来。用食指肚按一下芽苞，就连春天泥土的芳香都好像荡漾开来。

“今天晚上可以上山菜天麸罗①了。”

仅仅由于弄到好原料秀子就喜滋滋的。“原料就是菜”是姨妈的口头禅。采用当地出产的时令菜原料本来就是女老板的方针，而现在多惠又开始考虑如何能使菜式因人而异。

① 天麸罗：裹面用油炸的菜式，以虾最为常见。

食物是生命的源泉。只要留意采用正确吃法,比吃药还管用。“医食同源”,这是她最近悄悄学来的中医思想。人天生就有一种能力,能够觉得有助于自己健康的食物“好吃”。于是,多惠一边以自己的方式消化理解“五行说”,一边思考如何以“五行色体表”代替“食品交换表”来设计食谱,尽量根据季节多少改变调味或为常客拿出相应的菜式。这样的努力使得她获得了多少有所进步的切实感受。

“我也来做吧!”秀子关心地说。

“不要紧,想一个人试试。”

“星期六晚上我来帮忙采购。”下田接道。

多惠决定在餐馆休息的星期日请去年在医院里自己负责饮食指导的那些人前来吃饭。姨妈和下田都提出帮忙,但她还是想一个人来招待,哪怕有不周到的地方。

内科领域需要营养管理的病症有很多,例如糖尿病、肾脏病、循环系统疾患、呼吸系统疾患等等。全都是出院后在家里边也必须继续饮食管理的慢性病,所以需要在住院期间使其充分理解饮食疗法的意义——回家后的饮食管理实际上也取决于此。问题是,用脑袋理解和在日常生活中实行是两回事。尤其依赖性强的患者,门诊控制不了,很多时候都要在住院后开始新的治疗。

这回请的主要是在家里控制较为顺利的糖尿病患者。其中一人是多惠初春在街上突然碰见的。走进附近一家饮食店谈论自己辞职后的医院近况时间里,水到渠成地把召集有关同伴开个聚餐会一事定了下来。

“大家都为你担心呢，”这位六十几岁的女性说，“先生去世了，工作也辞了，不知怎么样了。”

“这不挺好的么！”

“那么，大家就一起去看看挺好的样子。”

招待吃午饭。先用樱花咸菜煮樱花饭。把染成樱花色的米饭放进模型压成花形，上面装饰去掉盐分的樱花瓣。主菜做的是花椒嫩叶烧青箭鱼。鱼肉块用酒、酱油和甜咸菜调味。烧烤的东西加上菜花芥末。海带卷蛋和糖醋莲藕一盘。再用竹笋、蜂斗叶、香菇、胡萝卜、芋头等煮个杂烩。另外还有鱼肉清汤、用以代替蒸水蛋的山芋“大和蒸”。小菜是冷苹果汤和蒲公英沙拉，饭后甜食端上的是草莓冰激凌。五个客人都显得心满意足。

“觉得好久都没这样满满吃一肚子好东西了。”

“卡路里没摄取过量？”

“早计算好了，放心！”多惠本身也觉得满意。

“有点像魔术。”

“品种是很多，但每种量都很少。”

“医院能这样就好了！”

“你老待在这里，医院可就麻烦了！”

看着大家饭后说说笑笑的笑脸，多惠也从心底涌起欣喜。因大家说“好吃”和“谢谢款待”而如此体会到充实感还是第一次。一个人操办下来，老实说是够辛苦的，但她仍感到高兴。大家是因为担心她才聚来的，这点多惠十分清楚。上年纪的客人们简直像事先约好似的自始至终只谈饭菜。

到了约定再会的时候，多惠也完全来了兴致。

“下次该是吃海鳗时节了。”一个说。

“那就到夏天了，至少该改到鲣鱼时节才好。”

“瞧你，贪心不足。”

这样的玩笑声在门口回响开来。一行人慢吞吞地从前院走到旧冠木门[①]前。一个妇人对出来送客的多惠随口说道：

“有个地方想领你去一下。”

“领我去什么地方呢？”多惠轻松地反问。

“我有个很有灵感的侄女，能看见许许多多东西。”

“许许多多东西？”

“天使啦什么的。”

多惠不由得心情沉重起来。对方打量着多惠的脸色小心继续道：

“您先生的事想必也能看见。”

“谢谢您的关心，”多惠故作镇静地回答，“眼下心里还七上八下的。”

“不想让看看？”妇人显得有点意外。

“人没有了，看也回不来的。”

① 两根立杆上横一根梁的木门。

失去丈夫，意味生活彻底发生变化，从根到梢，变化无所不在。坏了的电灯泡谁来换？过去是雄一换，往后或者多惠自己换，或者求拓也。整个冬天，剩下的家人一次火锅也没吃。一手包办火锅是雄一的任务，买材料也好，做底汤和在桌上动夹菜筷也好。三人围坐火锅，一下子就会想起不在的人来。

如果能有真正的孤独、真正的绝望，活着该是多么开心啊，多惠想。可是人这一存在是不可能孤独的，至今仍时常切近地感受死者。那种亲密感就好像他就在身边呼吸同一房间的空气，那熟悉的肉体似乎穿过空间的隔阻而静静站在那里，便是那么一种实实在在的感觉……尽管如此，已经再也不能看见他、同他说话、触摸他了。这种感觉与现实的落差折磨着留下来的人。

几乎天天早上早早醒来。那是最糟糕的时间，躺在黑乎乎的床上闭起眼睛，他离世时的情景栩栩如生地浮现出来。心脏停止跳动后他脖子往后折时那令人绝望的沉重感。无论怎么呼叫，哪怕再抚摩他的脸颊，大大的躯体也已无情地变冷——当时那焦急的心情，那仿佛脑袋里一片空白的无奈。

早早起来后，她要喝一杯薄荷茶让心情镇静下来。即使像普通人一样生活，即使若无其事地与人接触，本质部分也全然没有治愈。大凡眼睛所看到的，多惠都觉得形迹可疑。在卫生间注视自己的脸，久久注视起来，便似乎不再是自己的脸，而像是不认识的别的女人的脸。有什么如黄昏时天空的颜色不断变化。而被死者气息控制的现实便随同那变化一点点露出本来面目。

奇妙的是,她本身并不觉得真真切切感觉出死人存在的自己有什么反常。夜里躺下,厨房那边总有不大的动静——“咔嗒”,或者家里什么地方“吱呀”一声床响。在多惠听来,仿佛是“我在这里呢”的信号,而她又极为自然地予以接受。

一次在厨房做饭时,忽然听得他的语声。也许是多惠本身的心声,或者脑袋里——不是由于外界的刺激——再生的记忆亦未可知。然而声音听起来分明来自耳朵所捕捉的知觉。

回头一看,同穿过客厅朝自己这里走来的加奈子四目相对。

“什么?”而后恍然大悟似的问,“爸爸呢?”

女儿平时也好像同样感觉出了父亲的气息。一次曾半夜迷迷糊糊地走进多惠的卧室。

“怎么了?”

“爸爸进我房间来了。”

看样子本人也弄不清楚是做梦还是现实。

是不是去见见他?

最初以轻松的心情想道。是不是向能看见天使的那个人问问雄一的事。并非期待招魂那样的名堂,莫如说想倾诉一下,想让一个人听听自己心中隐藏的秘密。而作为对象,她觉得能看见天使的女子再合适不过。一旦动念,立时好像坐立不安起来。反正让人家听听好了。她不指望从对方话里得到什么,只是无论如何要去见一次,甚至觉得这好像一项使命。

被告知的公寓虽然算不上豪华,但很优雅,白色基调散发出安谧的氛围。楼门口的盆栽植物绿意盎然,给过路人的印象仿佛服装店或咖啡馆。按房间号码,对讲机有应答声,沉静的女子语声。少顷,透明玻璃门左右闪开。

乘电梯上到三楼,沿开放式走廊走到尽头,半截金属门里面是一条整洁而窄些的通道,几尊陶瓷天使像连同盆栽植物密匝匝放在那里。正当她手扶开闭式门杆犹豫时,房间门开了,一个女子探出半身。

"请进!"对方温和地微笑道。

人比预想的年轻,年龄估计三十五六,比自己小几岁。没有油性的长发在脑后随意扎成一束。普通个头,但不妨说有些过瘦,细细高高,颊骨清晰可见。身上穿得颇为奇妙,白布衣服以鲜艳的红线蓝线刺绣得密密麻麻,类似土著美洲女性穿的民族服装。

多惠被领进的起居室有十张榻榻米大小,简直像宾馆的沙龙。拉着花边窗帘,光线昏暗,亮着一盏古董风格的台灯。房间里边摆着形形色色的天使像,墙上挂着天使画。没放音乐。一色全白的房间中央放一套款式简洁的沙发,沙发罩着高档布罩,同是白色,有光泽的深蓝色丝线绣出几何形图案。

两人对坐在弹簧柔软的沙发上。

"写下住址和姓名。"对方以亲密的语气说罢,隔着茶几递过不大的便笺和圆珠笔。

多惠拿起笔,以工工整整的楷书纵向写下住址和姓名。女子一闪往纸上瞥了一眼，而后开始目不转睛地盯视多惠的脸。不眨眼，视线也不动。不可思议的盯视，多惠想，不知焦点对在哪里，不知盯视对象的前面还是后面很远的地方。她有些怕，仿佛什么都被看穿了。

过了五六分钟，对方终于开口了。

“今天您想问什么呢？”女子和颜悦色，“请说说看，想从我这里听取什么？”

多惠产生一种不可思议的感觉，好像对方已经看到了一切，用不着自己说。

“大约半年前丈夫去世了。”多惠看着茶几说了起来，“因事出突然，连话都没有说成，心里留下遗憾。临终时想的什么呢？没有什么话想留下吗？最后一瞬间想的是谁呢……这些一直萦绕在我的心头。”略一停顿后继续道，“后来得知丈夫有个女人，这使我对丈夫去世的悲痛变得复杂和微妙起来。有两种感情，感觉上自己好像分裂成了两个，一个是觉得丈夫可怜的自己，另一个是想发泄对有外遇的他的不信任感或者怨恨。这样子下去，我很难前进。”

“知道了。”对方并非出于认同地说。

女子再次定定注视多惠的脸，但时间没有刚才那么长。之后闭起眼睛，仿佛专心致志思考什么。多惠觉得好像纠缠在一起的记忆吐噜噜缕出一条线从眉间伸出，决定顺从地敞开心扉，把所有记忆委托给对方。

“够苦闷的啊，”女子慰劳似的说，“够您受的了。”

对方说多惠和加奈子做人工呼吸的样子她看见了，去世的他看见了——不是躺着接受苏醒处置的他，而是已然离开身体的他。他说“不必了、不必了”，但两人听不见。

“儿子不在的吧？”

看来对方什么都看见了。多惠不怀疑女子的透视能力，同时心想何以能那样呢？此人能够读出自己的记忆，这是单纯的事实，而自己又是老实接受了。

“您丈夫一直很痛苦——尽管有你，却又喜欢上了别的女性。并不是讨厌你，也没什么不满，一点也没有的。仅仅是遇上了别人。觉得也对不住那个女性。时间不长，半年……两人相遇是您丈夫去世半年前的事。这个您知道么？”

“知道。”

“不是爱哪一个，而是两个都爱，爱你和她……但这让他非常苦恼。觉得两个都对不起，也对不起孩子，因此拒绝去天国。”

“还没有成佛？”多惠情不自禁地问。

“没有。”

所以才在家里感觉到他？才听见他的声音？他肯定拒绝去天国而继续守在自己和孩子身边。

“天国是非常幸福的地方，”声音如恬适的音乐从他口中淙淙流出，“或许最好说是快乐的场所。在那里可以客观地看待自己，任何人都能平心静气地生活。没有烦恼和要动脑筋的事，只有好的记忆中留下来。无论在这个世上留下怎样的悔恨，也不至于因此责备自己和别人，对一切都安之若素，都感到庆幸，什么事都不需要再想了——就是那样的地方，可是他竟无意去那里。”女子仍然略微蹙着眉头，“那地方已经劝他过去了，希望他别再那样了，但他认为做不到，因为大家正为自己做的事而忍受痛苦，不能自己单独去快乐地方过安稳日子。他深感自己的责任，非常强的责任……对你和孩子。他感到歉疚。那种负罪感剩留下来，折磨着他。”

啊，到底是这样，多惠心里奇妙地若有所悟。她原本就有这样的感觉，自丈夫去世以后。

“常在家里看见他的，倒不是说清楚地看见他的形影，但的确是他，哦，刚从身后走过，即使在这里……时不时有这种情况。”

“不能往上面去，往来彷徨。”

多惠讲了梦境。丈夫以难过的神情走着，她随后追赶。拐过街角，在海滩上看到家里的钥匙和香烟。可是他不见了，啊，不见了，心情既像无奈，又像再次确认已知事情似的。睁眼醒来，觉得在现实世界中也没有他——梦和现实奇异地连在一起，难分难解……

“翻来覆去一个劲儿做同样的梦。”

对方点头听着。

“但近来梦变了。”

地点变成了自己家的客厅。电视机前的沙发上坐着多惠，坐着两个孩子，他也在。多惠问：“你怎么了？”雄一讶然回答：“我没有死的。”他身旁有个陌生的女子。“和这个人住在一起。”“为什么……你不是死了么？”正要进一步追问，睁眼醒来。

“我想他现在肯定开始承认有那个女人的事了。”

“从今往后我想你再不会做那样的梦了。”对方说。

“那为什么呢？”

女子没有回答多惠的问话。

“看你的前世吧。”她说。

说罢眯细眼睛看着多惠。仍好像穿过眼前对象注视某个遥远地方。之后开始闭目沉思。沉思什么呢？看见什么了呢？多惠像看见吓人东西的小孩了一样屏息敛气等待回答。不一会儿，对方一惊似的睁开眼睛。多惠心中诧异。

“说了不会吃惊？”

“吃惊什么呢？”

“你、他和她曾是一家人，有过那样的时候。”

此人的语气有一种力量，无论多么离奇的事都能让人乖乖接受下来。全然没有强加于人之处，莫如说像某个匿名者的诉说，沉静而撩人情怀。

对方说，多惠和雄一是姐姐和弟弟，那个女子是母亲，没有父亲——三人曾有过同样的前世。

“姐姐很能干，什么事都一个人做得来。母亲性情柔顺，信任作为姐姐的你。但弟弟给宠坏了，动不动就哭鼻子，什么都依赖母亲。作为弟弟的他总是心想：姐姐真行啊，能像姐姐那样就好了。”

雄一时常叹息着说来着，说你真行啊，有主见，凡是自己喜欢的事都做得来……因为记忆中不曾被人羡慕过，所以每次多惠都当耳旁风。

“对这样的儿子,母亲倾注了很多很多爱心,”对方继续说,“甚至可以说是溺爱。但母亲在他还小的时候就去世了,大概十岁左右的时候。去世前有个约定,说来世如果转生,母亲一定去见你。约定后才去世的。”

“所以两人相遇了?”

“大家都是命中注定的。”对方说,“你丈夫去世也是注定的,母亲在他去世半年前遇上他也注定如此。半年这个长度也是有含义的。实际上也是半年前的,你丈夫同那个女子相遇?”

多惠默默点头。

“不是十年二十年,仅仅半年……作为他们、她们来说,不过是转瞬之间的短暂相会。较之相会,更是再会,是从去世往前倒算的相会。因为时间长了更加让他痛苦,毕竟周围人也受伤害。因是半年,你怕没觉察到。什么都还没表面化就去世了。一切都是命中注定。”

不容你信与不信,事情就是这样,就是这么回事——多惠置身于没有选项的故事之中。

“命中注定啊,”她重复道,“喜欢这一感情使得你们重新成为家人,姐姐和弟弟成为夫妻,母亲和儿子作为男女相遇。无论对于身处现世的你还是对于那个女子,恐怕都是不幸的。可是人的一生并不仅仅是现世的,由过去到未来,始终是连在一起的。”

蓦地,多惠很想朝看不见形影的对象发问:虽说是命中注定,但那是哪个时候由哪个人定下来的？因为失去他而悲痛和困惑的自己的人生到底是谁安排的？这个我是哪个时候的我……

“和你丈夫相遇后，她心中的母爱如怒涛一样倾泻出来，”对方仍不失沉静的语气，“遥远的印象、亲切的记忆。终于见到了，见了自己溺爱的孩子、一直寻找的孩子。当时不得不和还年幼的他离开。这种类似前世缺憾的心情在见面那一瞬间就复苏过来。她向他倾注作为母亲的爱情。”

多惠觉出内心深处有什么颤抖。

“应该是她那方面主动的，”对方说，“您丈夫对她毫无防备，估计感觉上像是回到了小时候。因为他很累。是那样的吧？”

“嗯，我想是的。”

“累得浑身硬邦邦的。他这个人对自己要求非常严，好父亲、好职员、好丈夫……无论公司还是家里都懈怠不得。”她陡然停住，低低“哦”了一声。

“怎么了？”

“刚才听到您丈夫的声音了，说他好像回到了故乡。”

“他那么说来着？”

“嗯，说了。听了我的话，他也总算明白过来。”

“生前他不知道的？就是说……不知道那个女子和我的本来？”

“指前世是母亲和姐姐的事？呃，那是不知道的。前世记忆被封存才有今世，不能够带着前世记忆活在今世。”

能够翻开前世记忆的此人本身，是活在今世还是活在过去的呢？多惠想，这不是出于不信任，莫如说出于对此奇异女性的好奇心。

“这么说也许让你痛苦，遇见那个女子之后，您丈夫才得以向别人撒娇。他是感谢你的，但二十年守在一起，很多感情恐怕就很难直接流露出来了。”

那么说来，夫妻算是什么呢？在一个屋顶下生活的许许多多岁月又是什么呢？自己也受到故事情节的感染，尽管有抵触情绪，但仍觉得其中有的东西治愈了自己。

“呵呵。”对方低声笑了起来。

多惠歪头思忖：这回又因为什么呢？

“您丈夫责任心实在很强，或者说有点过于死板。”

“此话怎讲？”

“一般说来，在我们这么交谈的时间里会降临到旁边的，可他还在上面，从建筑物上面听我们谈话。心里很内疚，没办法下来这里，认为自己没那个资格。真是个好人。责任感强……不过，人怪可怜的。”

猝然间，一股强烈的悲伤涌上心头。多惠以自己的感情接起看得见天使的这个人的话，的确是个可怜人啊，他……飘飘忽忽，毫不设防，一副受难者的样子。而自己爱的就是这样的他。也不是谁错了，谁都没有错。在犯错误上面，我们实在太微不足道了。好在遇上你，幸亏和你……话语被急剧翻卷的感情漩涡所吞噬，沉入她心中最宁静的场所。

“他能成佛吗？”多惠祈求似的问。

“嗯，能的。”对方回答得很痛快，“他告诉我，他刚刚下了上天国的决心。因为听了我的话后已从所有痛苦中解脱出来。他说这回可以放心地上天国了——因为他接受了我的话，你也接受了我的话。”

眼泪顺脸颊流淌下来。多惠不想擦泪，静静地抖动双肩。

“他说从今往后会守护你的。”

“他守护我？”

“是的，守护你和孩子，劝你别再担心，他会从天国射下很多很多光，把你领向正确方向，不必担心，让你把这点转向孩子们——他这么说的。”

“会转告的。”

“我看见他已从诅咒中挣脱出来，将像原本的自己那样生活。他的心情已变得雪白雪白。”

这时，多惠忽然陷入不可思议的感觉之中：自己知道得那么多，比自己知道的还多。雄一这个人、他的短暂一生带来了许许多多，包括自己原本不可能知道的、甚至今世体验所涵盖不了的。多惠觉得自己身上似乎长眠着不曾知晓的记忆、一次也未曾存在过的记忆。在那种记忆的引导下，自己此时位于这里，从遥远的往昔一直位于这里。

雄一是谁呢？简直就像来自无从记忆的过去的谜团。多惠很想触摸那副面庞、那副面影上刻录的无限信息，然而她已经无从清楚想起他的长相了。

对孩子们讲了父亲有女人的事——去世前交往了半年；雄一死后种种事情露出真相，心里悲苦交加；自己本身也不知如何活下去，没了活下去的自信，让拓也和加奈子也感受了很多不快，但现在觉得总算熬过来了。

也许没有讲的必要。但反复思考后得出的结论，认为还是讲出为好。也想把他们迟早从哪里听到什么的时候产生的痛苦和困惑减到最低程度。如果得知母亲已经接受了，孩子们承受能力想必也会大不相同。

而最主要的理由，或许在于自己想让孩子了解真相，了解父亲的一生，包括最后有了女人一事在内。想让两人接受这点。这对孩子恐怕是过于残酷的要求。可是多惠希望两人通过得知真相而加深对亡父的爱，一如现在的自己。

“和那个女人谈了？”

“谈了，在电话里。”

“她说什么了？”

“说她不晓得你爸爸有家庭，你爸爸好像跟对方说离婚了。”

“太过分了，为什么撒那样的谎？”

“不知道。想必随着事情的发展，说不成实话了。”

“傻瓜呀，爸爸他！”

“可不是。”

多惠觉得孩子冷冷的说法带有温情，而这让自己多么欣慰啊！

“可我最后说声祝她幸福挂断了电话。”话回到那个女子身上。

“没有骂她？”

“一开始有骂的打算，但实际交谈起来，就没了那种心情。”

“人感觉不错？”

“是啊……”

毕竟前世是自己的“母亲”，这使得一颗心有了着落。不可思议。本来没有相信，然而心情由于听了对方的话变得轻松起来。觉得好像心里产生了空白，风得以顺畅地吹过。

“肯定由于你爸爸死了的关系，”多惠答非所问，“得知那个人也和妈妈一样为你爸爸的死而伤心，不知不觉就没了发泄怨气的心情了。”

最后她没说能看见天使那个人的事，没办法说。多惠想恐怕还是应该藏在自己心里，好比在自己体内悄然呼吸的胎儿，即使对两个孩子，也不能与之共有。加奈子也好拓也也好，也都应该有其唯独属于自己的“另一个故事”，他们迟早会发现那个故事的。

“爸爸的父亲是爸爸还小的时候去世的——这个知道的吧？”多惠对两人说。

“是小学五年级时候吧？”加奈子接道。

“因为这个，你们爸爸从小就开始吃苦，郊游也不能参加，可听说过？”

“那是为什么？”加奈子用反问代替回答。

“说买不起糕点带去当午后零食。”

“太穷了……”

“知道家里没钱，没法跟母亲提郊游的事。对学校老师那边，就说感冒去不成啦肚子痛啦什么的，好像。”

说着说着，多惠想起能看见天使的那个人的话来：不知哪个时候，多惠和雄一是有母无父家庭的姐姐和弟弟。实际上他也是在只有母亲的家庭和姐姐两人一起长大的。而拓也和加奈子同样成了没有父亲家庭的兄妹。莫非都是命中注定？

“像是接受生活补助来着。”多惠继续道，“因此，午餐费啦学校收费的口袋颜色啦，只有你们爸爸的与众不同。他说那真叫人觉得丢人。心里肯定难受得很，但对这些他讲得十分平淡，就好像说那种事情也是有过的。”

“是的是的，是那样的口气。”加奈子不无动情地说。

“所以，最后能够做自己喜欢的事，妈妈认为那是应该庆幸的。小时自己吃了苦，婚后像口头禅似的说可不能让你们吃自己那样的苦，工作起来比一般人拼命得多。假如真有神明，说不定是神明劝他把最后那半年为自己活的，让他遇上那个女子的。现在我是这样感觉的，所以很想对那个女子说声谢谢。”

“妈妈，那不勉强？”

“我想不勉强的。”

“可是不能那样说哟！”

“嗯,不说,没那个必要。”

“爸爸不在了以后,我们也会很穷很穷?”

“不要紧,”多惠笑着应道,“妈妈会想办法保证不那样,公司也会关照的。”

“大概知道的吧,”加奈子以恳切的语气说,“爸爸知道自己不久于人世的吧?”

一直默默听两人的交谈的拓也第一次开口了,说他自从父亲去世后总做同样的梦。梦中,自己一星期前就知道父亲将要死去,所以千方百计不让父亲生病,不让遇上事故。

“又是不准开车又是不准吃生东西,说得太多了,于是爸爸笑道‘什么呀!’——虽然爸爸给人这样的感觉,但自己还是连救护车都叫了。岂料,时间一到爸爸仍然死了。临终那一瞬间以非常悲伤的神情看着我,什么也没说。知道他想说‘我不行了’……一直做这样的梦。”

拓也说罢,房间里更加静了。

“你们爸爸方面的家族,不知为什么,男人都死得早,”过了一会儿,多惠接下去说,“爸爸的父亲是那样,爸爸的祖父也好像年轻轻就死了。所以,拓也上五年级的时候,爸爸也担心得不行,担心自己也死掉,简直吓得像小孩子似的。但平安无事地活了下来,以为可以意外长寿……刚刚说完这样的话人就没了。”

三人不约而同朝祭坛遗像看去。遗像里雄一身穿中意的毛衣微微笑着。香炉升起的香烟成为一条细线越升越高。

"另有了女人,让人瞧不起呀!"加奈子仿佛在搅拌沉淀的时间。

"的确。"多惠附和道。

三个人都缄口不语,似乎沉浸在各自的思绪中。时间忽快忽慢忽软忽硬地流淌在这个房间同死者世界之间,流淌在他们的胸际。

突然,拓也发出僵硬的声音:

"看那个!"

他目瞪口呆地用手指着祭坛那里。两人侧头一看,刚才还笔直升高的香烟就好像被什么操纵一样呈水平线流淌,流向加奈子那边。

"什么呀,这……"加奈子翻白眼珠,"我不嘛,妈妈,帮帮我呀!"

"就因为你刚才说了那种话!"

"怪怕人的,别过来!"加奈子从沙发站起,一边用手拨开烟,一边在房间跑来跑去。

"爸爸还是在的。"拓也侧眼看着被烟追赶的加奈子高兴地对多惠说,"一直有那个感觉。"

对眼前难以置信的光景,多惠既不为之费解又不觉得奇怪。只是,目睹孩子们如此喧闹的自己似乎困惑起来,不知这个自己是哪个时候的自己。

尽管是上午十点前离开家的，但进入长崎市内还是下午两点都过了。在墓地停留时间长，好歹走上回家路时已是薄暮时分。看这样子，回到家得过八点。往家里打电话，告诉参加课外活动回来的加奈子，晚饭和拓也从饮食店买来吃。

每月的忌日多惠都次次一个人扫墓。预告说今年樱花开得早，但三月下旬有寒潮返回，终归和往年差不多，四月的忌日也得以在山间看到了迟开的樱花。看樱花看得出神，路上停了好几次车，以致原定时间一步步推后。

仪表盘上放着两个玩具绒毛兔，兔背长着天使翅膀。送到门口的那个人忽然想起似的拿起鞋柜上的一个绒毛兔，递给多惠说道：

“你有天使跟着，所以别担心，会好好活下去的。跟你的天使的翅膀虽然小，但非常结实和柔韧，即使被风吹跑也绝对不会折断的。”

当时听的时候倒也罢了，而在兵荒马乱的日常生活当中，多惠没心思就那么相信前世和灵魂之类说法。和雄一曾是姐弟也罢不是也罢，问题首先是自己心中似乎没有空间妥当安置那种轮回转生般的故事。

多惠本身这样想道：哪里也不存在雄一，至少不存在于被称为“现实”的这个世界上。但是，现实也有各种各样的层次，而自然科学和人类理性所把握的现实、可视可触可数的现实，难道不就是任何人都能接受的一个“相”而已么？

平时,人们生活在物质世界里。那和按食品交换表安排的食谱是一回事,即蔬菜 300 克为一 80 大卡单位那样的世界。而实际上纵使同样的菠菜,从单单营养素复合体的层次到仅仅含在嘴里一片就让人感动的层次,也是有几乎无限的深度和广度的。人的死亡莫非把存在的中心移去那种深奥的场所了?死者自不用说,就连致使珍爱之人死亡的人也是如此。

所爱之人的死,对谁来说都是难以接受的重大事件。然而在现实当中它又必然降临到某人头上,人被课以无法承担的重荷。惟其巨大的悲哀和痛苦是活着的人所不能承担的,才有可能成为通向其他次元、通向另外世界的通道。

时常感觉到雄一,这回不是作为某实体的动静,而是作为更亲切、更内在的印象。他的意思仿佛通过直觉传递给自己。每次在心中自问,自有答案出来。尽管是作为自己的思考出来的,却又像是他给予的回答。应该存在一个不同于知觉和认识的"感觉"这个次元,对此多惠无从怀有疑问。

五感无法捕捉的东西,即使能够捕捉也仅仅是一个比喻的什么……平时几乎不被知晓的什么。参与这一次元,恐怕是需要纯净无瑕的受动性那样的质素的。比如唯独受到自己珍爱对象的死的感化之人才能通过某种情动体验接触这一次元,通过魔术体验才能接触神秘的实体。

一旦获得了生的机会,那么生就不仅仅囿于此世,而且将往不同于过去、现在、未来这一时间轴的方向扩展。人与人的相遇,想必便是这么回事。当和谁深度相遇的时候，相遇和对那个人的思念势必脱离“此世”。与他者的关系之中，含有仅此现存世界所无以决算的事项。多惠觉得，自己这一有限的存在即来自那个无以决算的场所。

类似前世那样的东西，不是事先作为实体存在的，此世人与人相遇，恐怕应视为甚至包括前世在内的邂逅。绝对不曾是现在的、无从记忆的过去。人本来就可能来自过去，作为过去的忘却而有现在的生。多惠心想，仅一个人活着好比发掘遥远的记忆。不断从自己身上找出他来，将成为今后活下去的定义。

多惠想起三月扫墓时加奈子说的话。心情不稳定的时候走在这条路上，时有灵魂附体。她似乎觉得，雄一去世后，生与死在深深的失落感中凛然相隔那段日子里，莫如说生死都很暧昧，其界线得以顺利跨越。开车时间里有时忽然产生一种冲动，恨不得旋转方向盘朝反向行车线冲去。危险虽然没有从她身上完全消失，但毕竟一点点淡化了，现在几乎可以悠然打发过去了。这是因为，生死之隔本身已经以“此世”作为前提了。然而人又不仅仅活在此世。

意识到天色变暗要打车灯时，挡风玻璃前面出现一张脸。虽是转瞬之间，但不会看错。没等发出声音，车灯便照亮前方的什么，差点儿撞上，车以近一百公里的时速从蹲在路中间的人的身旁掠过。跑出相当长一段路后，好歹停下车来。多惠怅然若失地握着方向盘不断地微微颤抖。

分明是他。尽管是如光束稍纵即逝一般刹那间发生的事，但看出雄一向多惠笑来着。淡然一笑，倏然消失。多惠一阵欣喜：他在守护自己。自己所以能够闪过突然出现在路面的人，是因为他的面庞闪现在挡风玻璃的缘故。她迅速刹车，下意识地转过方向盘。假如照样前冲，想必因发现不及时而撞上，或者因勉强操作方向盘而致使汽车失控猛然撞在防护墙上。

“啊，看见了……”

像刚才那样清楚看见雄一是第一次。多惠以暗自庆幸的心情再现那瞬间图像印入脑海。之后才涌起一个理所当然的疑问：那种地方为什么会有人呢？她把车靠在路边，依然亮着闪光灯下车察看。往回走五十米左右的路面上蹲着一个少女。面向车开来方向，头埋在两手抱拢的双膝之间。多惠从稍离开些的位置战战兢兢地问：

“不要紧的？”

没有反应。

“反正先上车再说，在那种地方危险！”

“别管我！”

“说什么呢？”多惠声音不由得严厉起来，“造成大事故，不知把谁卷进去，这你不知道？”

多惠拉起少女胳膊让她起来。以为遇到抵抗，结果出乎意料，女孩顺从地立起，由多惠搀扶肩膀走到车那里。

“带去警察那里？”坐在助手席后，女孩担忧地问。

“不会那样做的。”

不知何故,多惠本身也懒得想了,姑且开车上路。一边开车一边不经意地窥看女孩的样子。怕是初中生,她试着把加奈子的面影叠印在她低垂的怄气似的侧脸。看上去是个随处可见的普通女孩子。

“为什么做那样的事?”

还是没有回答。少女仿佛不具有个人意志那样的东西。大概在蹲在路面正中时就把那东西扔掉了。多惠决定换个说法。

“那时没有撞上,是因为幽灵的帮助。”

少女略略显出惧色,回头问:

“幽灵、你信的?”

多惠讲起雄一:他的猝死;以及自己没了活下去的信心,一味想去他那里。

“扫墓回来路上,在这个日子差一点点把你压死。”

“对不起。”

多惠一闪瞥了少女一眼。到底在向谁道歉呢?那语气,听起来好像根本不存在道歉的对象。

“去扫墓途中樱花开了,”多惠意识到自己变得饶舌,但还是说下去,“停车呆呆看了很久。那时觉得很是不可思议——因死了丈夫而开始丧失生存信心的自己竟会迷恋樱花的美丽。并非多么喜欢樱花,看的不是樱花也未尝不可,只是碰巧樱花开了觉得它很美罢了。”多惠停止思考。不觉之间,她好像感觉不出旁边坐着一个人了。“今天看的樱花好像特别美,”她自言自语似的说,追逐幻影一样眯细眼睛,“我知道,不是看见什么而觉得美,自己所以有充实感,是因为内心涌起的喜悦。好像有他在我身上看那樱花。与其说一起看,不如说他在看,他本身在看……我不外乎他的一部分,我是这样感觉的。”

女孩缩进助手席,怔怔打量着彻底黑下来的窗外。不时有汽车估计以一百三十多公里的时速沿旁边行车线呼啸向前。多惠目不转睛注视前方继续开车行驶。

她在方向盘上换一下手说道:

“最初我也想去他那里来着。可他那里是哪里呢?是人们说的天国或另一世界那种地方?不是,我想,他那里恐怕就是我这里。他去世后一段时间我感到孤单单的,但在孤独之中又反过来察觉自己并非一个人。哪怕再孤独……正因为孤独,才不可能是孤单单一个人。”多惠止住话头,浅浅一笑,“话说得够啰嗦的了。”

少女略略摇头。多惠返回原来的语调继续下文。

“现在也时不时想起他去世时的事。身体很快变凉,脖子忽地后折时的重量……他就那样死去了。旁边有我。当时在那里的,不知为什么是我,而我只能眼睁睁地看他死。在无边无际的宇宙中,只有那里是我在的场所。到底多少偶然碰在一起才发生这种事情的呢?不认为不可思议?由于极小极小的概率发生的事情感觉上竟像必然似的。我想自己是因不可抗拒的力量才在那里的,觉得是被某种存在挑选出来的。”多惠换了口气,继续说下去,“我觉得是在等待他的到来,从他还未出生的很早很早以前。”

多惠没有理会自己话语的前后矛盾。对方是否理解自己的话也不在其考虑之内。较之传达,她更想诉说,想把自己身上莫名其妙的感觉诉诸语言,想让它接触外面的空气。

“好像有个来往密切的女子,倒是去世后才知道的。如果活着,可以发泄怨恨,可他死了,已经不在了。种种样样的感情只能在自己身上处理,这让我非常痛苦。但是,包括那个女子在内,那就是他的人生。否定女子的存在,也就是否定他人生的一部分,我想。所以,现在我决定看做一种必然。”多惠长长喟叹一声,好像要把堵在胸口的东西吐出,“去世当天还同她约定吃饭来着,不认为太过分了?”

少女以困惑的表情歪过头,似乎要说什么,终归缄口未语。

默默驱车行驶了一阵子。纷至沓来的思绪掠过多惠的脑际,并不要求她回应。活在世上,就是要遭遇许许多多的疑问,其中也包括切不可寻求答案的疑问。寻求答案,即意味损伤自己的人生,贬低对方的人格。他去世后半年时间里,多惠学会了如何将疑问仅仅付诸疑问。并非敷衍,恰如作为另一个他活下去。

长久的沉默过后多惠这样说道:

“我想你是在同自己还没意识到的、你不知道的某个人一起活着的。不能把那个人杀死,毕竟那个人在等待你的来临。”

少女似乎就多惠说的思索起来。少顷,以怯生生的声音请求说:

“能在哪里停一下车吗?”

多惠把车开进最近一处停车区。少女去厕所时间里,多惠用自动售货机买了咖啡回来。少女折回时,她把装在纸杯里的咖啡递过去。

“谢谢。”少女低声道谢接过。

“看见你蹲在路上的时候,心里想原来这里也有我。”多惠啜着咖啡,朝远处眯细眼睛,“这么说不是出于监护者性质的感情,你曾经是我,模样虽然不同,但曾经是我……倒是表达不好。”她轻轻一声叹息,而后改变语气,“到我家去吧,给你做好吃的。”

刚要把车开出,少女悄声自语似的说:

“海豚……”

多惠没看窗外,视线落在少女身上。

“海豚跳了一下。”

若是白天,当可看见蓝莹莹铺展的大海。而此刻出现在挡风玻璃外面的,是即将被夜幕吞没的海面。深深嵌入的海湾,因了形影的浓淡而勉强同周围岬角区分开来。但是,从细细长长的湾口朝外海望去,远方留有一缕微弱的光亮。在那光亮中跳跃的海豚,如残余的图像也映入自己的眼帘,多惠觉得。

图书在版编目（CIP）数据

雨天的海豚们 /（日）片山恭一著；林少华译．--
青岛：青岛出版社，2016.1
ISBN 978-7-5552-3432-6

Ⅰ．①雨… Ⅱ．①片… ②林… Ⅲ．①短篇小说－小说集－日本－现代 Ⅳ．① I313.45

中国版本图书馆 CIP 数据核字 (2015) 第 313597 号

书　　名　雨天的海豚们
著　　者　（日）片山恭一
译　　者　林少华
出版发行　青岛出版社
社　　址　青岛市海尔路 182 号（266061）
本社网址　http://www.qdpub.com
邮购电话　13335059110　0532-68068026
责任编辑　杨成舜　E-mail：ycsjy@163.com
封面设计　徐　杰
照　　排　青岛双星华信印刷有限公司
印　　刷　青岛双星华信印刷有限公司
出版日期　2016 年 1 月第 1 版　2016 年 6 月第 2 次印刷
开　　本　大 32 开（880mm × 1230mm）
印　　张　5.875
字　　数　100 千
书　　号　ISBN 978-7-5552-3432-6
定　　价　32.00 元

编校印装质量、盗版监督服务电话　**4006532017　0532-68068638**
印刷厂服务电话：0532-86828878

本书建议陈列类别：日本文学　畅销